山羊的信

窗·道雄
诗集

[日]
窗·道雄 著
[日]
谷川俊太郎 编

吴菲 译

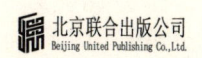

北京联合出版公司
Beijing United Publishing Co.,Ltd.

雅众文化 出品

目 录

译者序   I

辑一 深 夜

小学时代的我   3
蜗牛伸出触角   6
作 业   7
深 夜   8
树   9
山丘温暖   10
像鱼那样   11
窗   12
竹 林   13
不要不要   14
公园再见   15
毒瓦斯   17
虹   19
夜里的故事   20
一骨碌   21
水墨抄   22
遥远的歌   24
鸟 愁   26

辑二　小象

与田准一先生和我　　31

小　象　　35

山羊的信　　36

到——　　37

猴子画了一条船　　38

吊环君　　39

蜡笔儿　　40

纳豆小哥　　41

在脑袋上面　　42

雨　　43

水果糖的歌　　44

天　鹅　　45

焰　火　　46

噗噜噗噜的春天　　47

花开了　　48

蒲公英　　49

天妇罗噼哩噼哩　　50

小雨点　　51

小　熊　　52

油菜花和蝴蝶　　53

辑三　名为蚊子的生命

单方面的痛苦　　57

被笔记本夹死的蚊子　　60

拍了蚊子后　　61

蚊子（有一个人）	62
蚊子（一到傍晚）	63
蚊	64
蚊子（嗡嗡地）	65
蚊子（那一瞬间）	66
蚊子（有气无力地）	67
蚊子（在土上不坐的吗）	68
蚊子（不知从哪里）	69
蚊子（来了！）	70
蚊子（在昏暗中）	71
蚊子（这些日子）	72
蚊子（从鼻尖）	73
草蚊子	74
蚊子啊	75
蚊子（在日暮的房间独自一人）	76

辑四　这朵花

谢尔盖·波利雅科夫《无题》	79
这朵花	83
牵牛花	84
山茶花	85
鸭跖草的花	86
雁来红	87
叶牡丹	88
火棘果	89
红饭花	90

紫花地丁	91
枇杷的种子	92
人类家园的	93
蒲公英开花了!	94
樱花的花瓣	95
树	96
我的花儿	98

辑五 现在!

爱动物的心	101
兔子（生为兔子）	110
兔子（——在下是兔子）	111
白 兔	112
蚂 蚱	113
孔 雀	114
墨鱼干	115
狗	116
小黑与我	117
蚂蚁君	118
蚂蚁（蚂蚁它）	119
蚂蚁（当我看见蚂蚁）	120
百足虫	121
一看见百足虫	122
跳 蚤	123
长脚蚊	124
蛐蛐儿	126

小　鸟	127
麻　雀	128
知　了	129
甲　虫	131
绵　羊	132
山　羊	133
金铃子与小星星	134
鱼	135
生物与无生物	136
马的脸	137
现在！	138

辑六　与物同在

黑　板	141
与物同在	145
有物存在	146
坛子·Ⅰ	148
坛子·Ⅱ	149
地球的事情	150
另一只眼睛	151
塑料袋	152
纽　扣	154
纱　布	155
镜　子（并非是）	156
橡皮擦	157
摁　钉	158

抹　布	159
榻榻米	161
书　页	162
灰　尘	163
鞋拔子	165
盘　子	166
茶　杯	167
擅自　与物同在	168

辑七　叶子与轮廓

《孔子庙》的拟声词	171
一个音的名字	176
"豆"	177
叶子与轮廓	179
是先有鸡蛋吗	180
哼手子铃	181
美丽的词语	182
嘴　巴	183
有木的字们	184

辑八　太好啦

食　鱼	187
春　霞	199
水在歌唱	200
喔喔喔	201
镜子（这地球上面）	202

团 栗		203
山谷回声		204
朝 露		205
今天也是好天气		206
太好啦		207

辑九　如此确定地

毛手毛脚爱面子		211
第一颗星		213
苹 果		214
数 字		215
月 光		216
光		217
如此确定地		218

辑十　怪不好意思的

远近法的诗		221
屁很了不起		226
礼 物		227
每当清晨来临		228
唱歌的时候		230
入 眠		231
谎 言		232
根		233
小不点儿阿齐		234
音 乐		235

哈喇子	236
葬礼	237
白	238
妻 啊	239
人类的风景	240
忽然	241
怪不好意思的	242

辑十一 好风景

幼年迟日抄·Ⅱ	245
好风景	251
诞生的时候	252
松树	253
为何 总是	254
婴儿	255
腌菜镇石	256
非说不可了	257

编选者的话   258

译者序

当诗人凝视存在,存在即是诗

小象
小象
你的鼻子 好长啊
　对的呀
　妈妈的 也很长呀

小象
小象
你喜欢的 是谁啊
　这个嘛
　我喜欢 妈妈呀

　　1951年,四十二岁的儿童杂志主编石田道雄,即童谣诗人"窗·道雄"受友人之托,写成了这首只有十个短句的童谣《小象》(ぞうさん)。经音乐家团伊玖磨谱曲,《小象》成为一首朗朗上口的儿歌。歌曲在日本放送协会（NHK）播放后旋即传唱开来，六十年来人气不减，陪伴了好几代人的童年。之后窗·道雄又创作了许多首深受读者喜爱的童谣，如《山羊的信》《等我上了一年级》《神奇的口袋》等等，都成为日本现代儿歌中广为传唱的经典作品。

1992年，美智子皇后亲自英译了二十首窗·道雄动物题材的诗歌，由安野光雅配图，在日本和美国同时出版。也是这一年，《窗·道雄全诗集》出版，诗人自20世纪30年代以来的一千二百首作品终于得以展露全貌。

1994年，因长年在儿童文学诗歌领域所做的杰出贡献，国际儿童图书评议会（IBBY）将国际安徒生奖授予诗人窗·道雄，此时他已年近八十五岁。此后十余年，他依然保持旺盛的创作热情，年满百岁时，还出版了全新的诗集。诗人逝于2014年2月28日，享年一百零四岁。翌年《续窗·道雄全诗集》问世，包括多年来散逸的作品，共收录了约七百首诗歌。

窗·道雄的大多数诗歌其实不能单纯归类为儿童文学。诗人在创作中从未将童谣与诗歌区别对待，他认为给孩子的诗和给大人的诗在本质上应当是一致的，都是经过"精神的高度燃烧"而创作的作品。在他八十余年的创作生涯中，现代诗所占的比重更大，成就也丝毫不逊于曾为他赢得国际安徒生奖的童谣创作。本书的编者，日本当代最具代表性的诗人谷川俊太郎也是窗·道雄的忠实读者。

谷川俊太郎根据创作动机的不同，将窗·道雄的作品分为两类：一类是受人所托，主要针对儿童写成的适于歌唱的歌词；另一类则不一定适于歌唱，语言风格也比较散漫，可说是"情不自禁"写下的诗。当然，两者都是以诗人与生俱来的敏锐、感性为源泉的。

敏锐的感性可说是诗人最宝贵的天分，而这种天分往往与童年生活有关。窗·道雄幼时的成长环境塑造了他优于常人的感性和观察能力，同时童年经历也给诗人日后的创作提供了丰富的养分。

1909年11月16日，窗·道雄出生在山口县东部的海滨小城德山（现周南市）。因父母远赴海外，道雄从五岁起就随年迈的祖父母生活。祖母随即去世，爷孙二人的孤寂生活让道雄幼小的心灵沉浸在莫名的伤感之中。这个喜欢唱歌和画画的小男孩在故乡的大自然当中学会与孤独为伴，尤其擅长从身边细小事物之中寻找乐趣和安慰。

> 蚂蚁君　蚂蚁君
> 你是谁
> 我是人类
> 名叫三郎
> 蚂蚁君　蚂蚁君
> 你是谁
>
> 蚂蚁君　蚂蚁君
> 这里是哪里
> 对人类来说
> 这里是日本
> 蚂蚁君　蚂蚁君

这里是哪里

（《蚂蚁君》1979年）

孤寂的生活持续了四年，十岁的道雄才被母亲接到台北与家人相聚，此后便在那里成长、求学、工作并成家立业，一住就是二十四年。

道雄二十岁那年从台北工专毕业，此后八年，一直从事高雄至台北纵贯公路的修建工作。

早在学生时代，道雄就与一群志同道合的朋友创办了儿童文学同人杂志，开始了童谣和诗歌的创作。二十五岁那年，道雄在书店偶然看到北原白秋主编的儿童文学杂志《儿童之国》，他深受触动，于是以"窗·道雄"（まど・みちお）的笔名向这份杂志投稿，其中《雨下起来》和《马缨丹篱笆》两首作品初次投稿便得到了刊登的机会。他的才华很快受到主编与田准一的赏识。与田多次邀请他到东京发展，正当他准备应邀前往时，太平洋战争爆发，三十三岁的业余诗人应征入伍。此后四年，他作为一名工兵转战于太平洋战场，最后在新加坡迎来战败，1946年才回到日本与妻儿团聚。

回到故国的窗·道雄与众多战败归来的残兵同样，面临失业且无家可归的生存困境。他不得不为了养家糊口而去做一份门卫的工作。两年后，经与田准一引介，窗·道雄来到东京，在一份新办的儿童杂志 *Child Book* 担任主编。

不论是在早年的工地还是战场，甚至战败后在新加坡的俘虏营，诗人都从未停止创作。战后复兴时期，他在繁重的编辑工作之余，用窗·道雄这个笔名发表了大量作品。《小象》等童谣代表作即是这个时期的创作。

关于窗·道雄这个笔名，诗人早年的一首作品似乎暗示着"窗"的深意。

> 把头伸出窗外
> 也是可以的吗？
> 就像"卜"字那样。
> 每当把头伸出窗外，
> 感觉自己很颓丧。
> 就像"卜"字的小点儿那样。
> 可是无论怎样，
> 很想告诉别人，
> "道雄在这儿呢"
> 所以不禁要把头伸出窗外。

（《窗》1936年）

1959年，为了能专心从事创作，窗·道雄辞去了出版社的工作。

成为自由人之后，有大约三年时间，窗·道雄沉迷于描绘抽象画。他从未受过专业的绘画训练，拿起画笔却并不胆怯，反而废寝忘食地投入其中，完成一幅作品需要耗费好几天时间。他的画风与明快简洁的诗风截然相反，画面上密布着意味不明的线条与色块，仿佛呈现着诗人厚重又深邃的内心世界。这些画作如今悉数收藏在诗人故乡的周南市美术博物馆。观赏实物，能感觉到诗人的心里如有一头正苦苦挣扎的野兽。借用谷川俊太郎的说法，那些画就像可以窥见诗人内心世界的火山口一般。

关于抽象画的意义所在，多年后窗·道雄写道："抽象画是这世上能让视觉从'名字''解读''意义'中获得自由的唯一的世界。"

抽象画的创作对一个重新起步的诗人而言，似乎是一条连接新世界的暗黑隧道。尽兴之后，诗人将画作全部塞进了壁橱，直到后来被研究者发现才得以重见天日。

诗人的诗歌创作自那以后，仿佛重获自由，迎来了新的创作高峰。

1968年，世人眼中著名的儿歌词作者出版了自己的首部诗集《天妇罗噼哩噼哩》，此后便一发不可收。谁能想到，年近六十才进军诗坛的新进诗人，接下来还有近四十年的创作历程。

对于写诗这件事，诗人曾说："若问人为什么要写诗，就像要问人为什么要呼吸一样。不呼吸人会死。而我虽不至于不写诗就死掉，但对我而言，重要性仅次于呼吸的，是语言。"

的确，如同生命离不开呼吸，诗人也离不开语言，但诗人并未因此盲信语言的功用，他甚至不屑于用华美的语言装点诗句。因为"人类语言的历史比起地球和宇宙的历史，只能说是简陋无力的"。

正因如此，当诗人面对大自然中的一草一木甚至无生物,面对日月星辰乃至宇宙等一切先于语言的存在时,总是怀着一颗敬畏之心。

  是先有鸡蛋吗
  是先有小鸡吗
  与其讲道理
  不如说清楚
  是鸡蛋
  是小鸡
  …………
  先有的　是物
  是老早的　先辈
  不论什么时候
  都先于　我们的大道理

  窗·道雄的诗读来浅显明易,时常透露出顽童般的狡黠和放肆,但诗的深层往往蕴含着最根本的哲学问题。与他合作多年的儿童文学编辑市河纪子称其为"存在的诗人"。凝视生命,凝视宇宙,凝视身边无名的细小之物,自由地切换着微观与宏观的视角,去发现人们往往忽视的那些"存在"的不可思议之处。窗·道雄终其一生,仿佛都在告诉人们,这些存在本身就是诗,他也一直在尝试用最简单的语言传达这些存在的不可思议之美。

  本书收录的一百六十二首作品是诗人谷川俊太郎亲自从窗·道雄诗歌全集的近两千首作品中遴选而出的代表作。全书大致依创作年代编排,共分十一章,各章以作者谈论创作或回顾人生的随笔（也有编辑称之为散文诗）开篇，与后面的诗作两相呼应，更有助于理解诗人的创作背景和精神世界。窗·道雄七十余年的创作生涯以及对诗歌的思考经由谷川俊太郎的精心梳理，在这部诗集之中的呈现可谓脉络清晰。

窗·道雄的诗歌语言明易简洁，被誉为最富透明感的语言。要将这种透明感在中文中体现出来是极其困难的。如同翻译俳句，译文越是修饰雕琢就越显笨重，甚至与原文所追求的美背道而驰。翻译过程中，只能尽量避免不必要的词句添加，并尊重原文的口语化表达。另一方面，诗歌要读出声来，表达才算完整。窗·道雄认为语音才是语言的生命所在。但日文诗歌追求的语音美很大程度在于节拍和语感，而并不追求押韵（也许因为日文只有五个元音，押韵太过容易）。那么，在汉语口语中通过对节奏和语感的把握能否达到近似的效果呢？这是译者在翻译过程中面对的课题之一。虽然事倍功半，但愿读者在放声朗读这些译诗的时候，能通过译文，在某种程度上感受到窗·道雄诗歌中的纯净透明之美。愿今后仍有机会继续完善改进。感谢。

吴菲

2020 年早春于山口

辑一 深夜

小学时代的我

我于1909年出生在山口县的德山町（现在的德山市[1]），七岁时入学于町立的岐阳寻常高等小学（现在的市立德山小学）。入学时父母已带着我的哥哥和妹妹移居台湾。我与祖父二人一同生活。而后在上完三年级时，才被父母接走，转入台北的市立城南小学四年级。所以，我的小学六年时间正好一分两半，分别在德山和台北度过了三年时间。

在此，我将对前半段的时期，也就是我的记忆能回溯到的最远处，我萌生意识的地点、地带稍做漫游。

那时候，我似乎拥有与年龄相称的丰富感性，目睹耳闻都能让我的心为之震动。五感所接受到的一切事物，都那么新鲜、神秘，且寂寞不已，身为孩童却常常心中忧愁。

"寂寞不已"当中，大概也反映着我当时的状况，即别人都和父母、兄妹生活，只有自己跟着年老的祖父过日子的现实，以及我生来的脾气和性格。

---

[1] 德山市，2003年以后与周边市镇合并为周南市。——译者注，如无特殊说明，后同。

总之我当时五感的感触不论多少都能想起，但当时的场景一定只有我一个人，或是与一个人待着并无二致地跟祖父二人独处的情形，反正总是身处于悄无声息的寂寞之中。

回想一个听觉的例子。比如蟪蛄的声响，我听过多少遍啊。夏日正午，整座城镇都睡着的寂静之中，那就像是专为独自醒着的我的耳朵而不断地鸣响着，成了衡量那片寂静的时间河流本身。并且它不是平缓的，而是无止休地反复上下。那声响越来越高，高到不能再高的地方，浑然间又绝处逢生地开始下降。这时我也在浑然间哀伤起来。

让年幼的我生出那种感受的蝉声之神秘之寂寞，究竟是什么呢？

于现在的我而言，总觉得那是一种重压，一种让我感到，我们这个世上的生物不是凭自力而活着，而是由一种未知的力量支撑着而活的这个不容置疑的事实的重压。那重压像是十分神圣且难能可贵、似乎又令人伤感的"无能为力"的感觉，想来我年幼的心灵已通过听觉无意识地切身感受到了。

关于其他的视觉、触觉、嗅觉、味觉等等的感受，也有类似的回忆会立刻复苏，大概就是这样，我一边被如奔涌而来的洪水般的刺激吞没着，一边脚步蹒跚地离开了我人生的起跑线。朝向哪里呢？

朝向哪里呢？写下这种句子的我是个俗人，极其自然地想起当时自己的成绩单上只有两个"甲"，其余都是"乙"。前面我大言不惭地写道，自己的感受性与年龄相称，但在这方面似乎没能达到标准。在开学的前一天晚上，也曾眼泪巴巴地让邻居家的哥哥教我做作业。

两个"甲"是唱歌和图画。唱歌常常被老师表扬和点名，要我站在大家面前表演。我诚心诚意地在曲调里充满感情地唱了。一首由"飘呀，飘呀，从天空飘下——"开头的、关于下大雪的歌，至今难以忘怀。

班上还有另一个会唱歌的同学太田君。有一次他被点名时，唱了一首我们还没学过的《天然之美》，是他哥哥还是姐姐教给他的。我从那时起，就觉得他拥有教他那么动听的歌的哥哥姐姐，就好像住在遥远的童话世界里的人一般。

图画课被表扬，是老师让我们各自随意画叶子时的事。我画了一片中间膨胀，左右狭窄的流线型的叶子。也不知为什么，我把右端画成了一圈圈卷起的形状，也就是左旋的蜗牛。而且在那叶子前后又一并画了好几片同样的，就像成行的蜗牛那样。

如今我想不出自己为什么要画那些东西，而老师为什么要表扬我。只记得跟唱歌一样，这让我开心得不得了，为之着迷不已。

而今我快满七十五岁了，与我刚刚离开起跑线时目光所向截然不同的方向，我已巡游过了。然而恍然间发现，如今我的快乐已然是自己给自己作的词配上曲调，创作些"近似于歌的东西"，以及画一些自我感觉良好的"近似于画的东西"。这也属于"三岁定八十……"一类的情形吧。

——《季刊·枇杷果学校》第 125 期

（1984 年 9 月）

蜗牛伸出触角

蜗牛
伸出触角,
触角上亮亮的
茅蜩鸣叫着。

蜗牛
伸出触角,
触角也细细的
庭院里水珠滴答着。

蜗牛
伸出触角,
触角顶端圆圆的
木瓜[1]的花儿正开着。

蜗牛
伸出触角,
也朝向西边
晚霞金灿灿地闪着。

1　木瓜：住在台湾地区的日本人把番木瓜叫作巴巴果或木瓜。

作 业

用自己的手掌
触摸着自己的头发

那温暖的感觉
一直一直握在手心里

难懂的作业
不知哪里收音机响起

深 夜

把手放在肋骨
在深夜

活着
有年龄有形状甚至流淌着血液的自己

肋骨的数目
是一个个深夜

活着
细细体会不是女人的自己

肋骨中的幽微是男人的
深夜吗

活着
没有穷尽不是他人的自己

树

树　立在土上
树　不从原地走开
树　朝向天空

　是沾染了土壤吗
　那枝干的颜色与气味

　是浸染了天空吗
　那新芽的颜色与气味

　一定是那根须变成了土壤
　并且枝梢溶化在天空

树　如土壤般安静
树　如天空般明朗
树　作为树活着

山丘温暖

山丘温暖
发出温暖的声响
是蛇盘绕成圈
营造向阳处的声响。

从山丘望去
海平面延伸如线
豆粒般的汽船
还有如水蚤密集的一缕烟雾。

在山丘扔出石头
梯田间的麻雀们
扔下我一个人
逃走了。

山丘的草丛里
甜甜的野蔷薇嫩芽
每当去采摘
总看见　石龙子[1]背脊闪着光。

山丘温暖
发出温暖的声响
是蛇盘绕成圈
营造向阳处的声响。

1　石龙子：爬行动物，俗称四脚蛇，体长约20厘米，主要分布于中国南部。

像鱼那样

被水打湿了
就会认识水吗
被水打湿了
会想把水忘掉

被水打湿了
就会想念水之外的事物吗
被水打湿了
会想成为水本身

被水打湿了
就会为水感伤吗
被水打湿了
会想意味水的意味

窗

把头伸出窗外
也是可以的吗?
就像"卜"字那样。
每当把头伸出窗外,
感觉自己很颓丧。
就像"卜"字的小点儿那样。
可是无论怎样,
很想告诉别人,
"道雄在这儿呢"
所以不禁要把头伸出窗外。

竹 林

一步步走进
竹林深处
眼看着　眼看着自己
变呀变呀　变成竹子

脸　肚子
向着天空不断生长
绿绿的　绿绿的
变呀变呀　变成青竹

在竹林里
一变成竹子
在遥远的　远方
正把我呼唤　呼唤

——道——雄
　道——雄

不要不要

不要,不要,宝宝不要嘛。
外面,宝宝喜欢嘛。
喝奶,宝宝不要嘛。

不要,不要,宝宝不要嘛。
光溜溜,宝宝喜欢嘛。
穿衣裳,宝宝不要嘛。

不要,不要,宝宝不要嘛。
脑袋,宝宝痒痒嘛。
帽帽,宝宝不要嘛。

不要,不要,宝宝不要嘛。
光脚丫,宝宝喜欢嘛。
小木屐,宝宝不要嘛。

不要,不要,宝宝不要嘛。
外面,宝宝喜欢嘛。
外面,宝宝要去嘛。

公园再见

妈妈　不在呀。

滑梯上面
照着的太阳。

妈妈　不在呀。

耳朵　静悄悄的
笼里的　小兔子。

妈妈　不在呀。

把罂粟花　当船儿
摇晃的蜜蜂。

妈妈　不在呀。

跟妈妈的　那一把
很像的阳伞。

妈妈　不在呀。

影子也　出去了

门外的　向阳地。

妈妈　不在呀。

毒瓦斯

我好想制造啊　造毒瓦斯，
让人呼呼大睡的　那种瓦斯。

睡十天、二十天　要一两发，
十发打出去　睡一整年，
让人呼噜呼噜　睡着的瓦斯。

敌人在战壕里　呼噜呼噜。
敌人在飞机里　呼噜呼噜。
在潜水艇里　呼噜呼噜。
在参谋本部　呼噜呼噜。

趁这时收集的　武器堆成山，
富士山那样　武器堆成山，
嘣嘣　点燃了，烧成灰吧。

敌人睡醒后　一定会说吧，
战争　已经结束了。
一年都没吃东西，
肚子饿坏了，咕咕直叫呢。
来一盘咖喱饭吧。

于是准备了　大米堆成山。

富士山那样　大米堆成山，
咖喱饭　嘿！　做好了。

咖喱饭呀　饭咖喱，
咖喱饭啊　来！　快吃吧。
咖喱饭啊　来！　快吃吧。

虹
——想念白秋先生

您的眼睛　患了病
您独自一人，
把眼睛
闭着。

在心中的　远方
您一整天
遥望着
彩虹。

彩虹出现
先生，
对纸窗外面
呼唤的孩子，

您说，我看着呢。
您独自一人，
慈祥地
笑着。

夜里的故事

蔬菜店里
夜里的　故事。

胡萝卜　旁边,
黄瓜　凑过来。

黄瓜　旁边,
萝卜　凑过来。

萝卜　旁边,
甜瓜　凑过来。

红、绿、白、黄,
红、绿、白、黄。

试着　像蜡笔那样
排成了一排。

一骨碌

不知是什么
会不会　一骨碌,
一骨碌, 跑出个　可爱的东西来呢?

随便什么　都可以
会不会　一骨碌,
真的是, 一骨碌, 跑出来呢?

雨下个不停的
星期天,
一骨碌, 躺下来　想着
一骨碌

水墨抄

烟雾

从房屋上

从田地里

从山谷间

从船上

宛如平假名
"うつくしい[1]"的字样

优美地　优美地

有人的地方
便有烟雾升起

1　うつくしい：优美之意。竖写时形状如袅袅上升的烟雾。

日本星座

水田和旱地

原野和山峰

到处
有纸拉门的人家

现在依然
安静的纸拉门的人家

朝阳将它们洗涤

灯盏将它们渲染

风儿将它们摩挲

香柚将它们熏陶

——到最后

会把它们　一户一户
都变成星星吧

遥远的歌
——我妻诞生之日的歌

在南方的　萨摩国[1]
有水井　有橘子树的
一座房屋
静静的纸拉门
是吉日　还是凶日
温暖的日子
鸡叫的日子
妻啊你到达了吗
从遥远的旅途到达了吗

不记得母亲　也不认识父亲
用相隔遥远的方言
嗷嗷嗷　嗷嗷嗷
只是招呼说到了到了
既不是向母亲
也不是向父亲
而是朝着遥远的远方呼唤吗

纸拉门外面的水田尽头
山峰那边的天际

---

[1] 萨摩国,鹿儿岛县西部旧称。

周防国[1]的　海岸边
映在海面的偏僻山村里
杏树下
菜地里
那天的一年级的我

耳朵洁白透亮
被风儿吹拂着我正玩耍
被风儿吹拂着我正玩耍

1　周防国，山口县东南半部旧称。

鸟 愁

有一个人，对天空飞过的鸟，感到旅途哀愁，于是写成明信片寄给远方的友人。他扳着手指，一一细数哀愁。

一、那只鸟，是什么呢？是几亿只鸟之中的，一只吗？

一、与身为几亿人之中的，一人的自己一起。

一、此时此刻，是什么呢？是永劫之中的，一瞬吗？

一、抑或是，一辈子的生涯之中的，一时吗？对那只鸟而言，对这自己而言。

一、此地此处，是什么呢？是大宇宙之中的，一个地球吗？

一、抑或是，一个地球之中　一个台湾，一个台湾之中的　一处水乡吗？

一、那只鸟，和这个自己。在此时此刻，在此地此处。究竟，这是多么不得了的事呢？

一、——正因为不明白，写下的这张明信片，唉——对那只鸟，大概也只能是未经许可的了。

一、友人会阅读它吧。被那只鸟截取的，仅只一片的历史。

一、那是，没有开始，也没有结束，连绵不绝，连绵不绝，没有止境的展翅飞翔吧。向着友人的胸怀。

一、一定会是那样的吧。但是，终有一天明信片，会丢失吧。在阳光温暖的，可称之为某日的遥远的日子里。

一、然后，一定会遗忘吧。甚至自己，在某一天。那只鸟也会，将此时此刻，将此地此处，将现在的自己。

一、这时候,仍会有谁还知道,知道这一切。应当让他知道。切不可说,切不可说。

一、总之,手指也数不过来。且算了吧,且算了吧。

有个人,对天空飞过的鸟,感到旅途哀愁,于是写成明信片寄给远方的友人。他扳着手指,一一细数哀愁。

辑二 小象

与田准一[1]先生和我

我从1919年（小学四年级时）由山口县德山村移居台湾，到1943年（34岁时）应征入伍，被送到海外前线为止，其间二十四年一直身在台湾。1934年（25岁时）在台北的书店里读了《儿童之国》[2]，于是以童谣投稿，得到了白秋先生（北原白秋）的选评。自那以后，我开始坚持写童谣。

得知与田先生的名字想来也是通过《儿童之国》，但我从未给他写过信。初次收到与田先生的来信是什么时候已经记不得了，但是记得他曾三次劝我去东京，而我在第一次收到信时就立刻辞去了总督府的工作。因为辞职是之前一直在考虑的。

然而对文学一无所知便贸然上京，心里总觉得没底，于是订购了早稻田大学的文学讲义，临时抱佛脚般开始研读，不久就弄坏了视力，于是趁此放弃了上京。

---

[1] 与田准一（1905—1997）：童谣诗人，童话作家。早年师从北原白秋，是战后日本儿童文学界的领军人物。作品收录于六卷本《与田准一全集》等。
[2] 《儿童之国》（コドモノクニ）：东京社于1922年1月至1944年3月发行的幼儿绘本杂志。日本儿童文学的代表刊物之一。

然后，在与田先生第三次建议我上京的信寄到后不久，我突然收到了赤纸[1]。

我在东京的水上不二的呼吁下，与真田龟久代等七人参加了《昆虫列车》的创刊，直到1939年这份杂志停办为止，我们都是这份杂志的同人。大约是在1938年左右，与田先生寄来的明信片令我大为吃惊。上面写着："《昆虫列车》那样的同人杂志最好别做了。"我的脑海里条件反射般掠过的疑虑是，杂志开篇（也许是封面）常常登载白秋先生的作品（当然是旧作），那该不会是未经许可的吧。想到之前一直挂记的事，心里很是担忧。

正逢先生因眼病住院期间，我写了想念先生的小文在上述杂志刊登。随后，先生身边的人寄信给不二，信中说，"这期仔仔细细地读过了。先生非常欣喜，特向大家问好。"我这才松了一口气。

战败翌年，我从新加坡回国，在味之素的川崎工厂当门卫，不久承蒙与田先生说情，得以入职妇人画报社（从前出版《儿童之国》的时候叫东京社）。《儿童之国》本来有复刊的计划，最后改为以 Child Book 之名创刊。我担任这份杂志的编辑的十年里，每逢遇到困难，总是得到与田先生的帮助。

即便未曾要求，他也曾带我去过中央公论社。给编辑看了我的短诗，编辑说："比起中央公论，这更适合妇人公论啊。"对此，与田先生说："妇人公论也很好呀。"

---

1 赤纸，指入伍通知书。

他面露微笑，像是为自己的事高兴一样。然而事情未能实现，归途中我第一次挨了与田先生的训斥。他说："怎么能名片都不带啊。"而我只带了"*Child Book* 石田道雄"的名片。

回想起来与田先生的好意总是单方面的，且非常积极，而我总是傻傻站着，就像那只管沐浴慈雨的旱地，报答恩情什么的从未想到过。等反应过来时，先生已经去了天国。

给与田先生守夜那天正逢最冷的季节，不知感恩的我在白天前去拜祭。为了将遗体从葬礼会场移送到教堂，举行了纳棺仪式。与田先生的遗容非常安详。我止不住地流泪。在献花之前先把先生爱用的手杖和帽子等放进了棺内。当棺木从后门向着教堂渐渐远去，各位遗属的目光仿佛正把先生送往天国一般。

然而到了告辞的时候，我的帽子不见了。大家一起帮我寻找，我心中一阵悸动，不会是被放进了棺材吧？好不容易找到了帽子，与田先生的女婿（外国人）用日语不胜感慨地说道："噢！一样的！"那帽子跟与田先生那顶真的是连破旧程度都一模一样。

由此想起一件事。很久以前，曾经受矢崎节夫君之托跟与田先生两人去了一趟 JULA 出版社。办完事之后在附近的寿司店用餐，临走时店家分别向与田先生和我归还了寄存的雨伞。虽然没下雨，还是带了伞以防万一。然而回到家仔细一看，那雨伞虽然相似却不是我的，立即给矢崎君去了电话。数日后矢崎君打来电话，告知与田先生的回复是："一把伞这么小的事就不必介意了。"

每逢下雨我就享用着那把我的伞不曾拥有过的带有自动按键的便利。如今与田先生已经去了另一个世界，身在此世的我却不禁切实地感受到，他依然在帮助着笨拙的我。

与田先生是我的大恩人，但是在日本，一定有数不胜数的人把与田先生当作大恩人。我不过是其中极小的一个罢了。并且我对和与田先生密切相关的《赤鸟》以及《乳树》[1]都不了解，日本儿童文学者协会也早就退了会，更不用说我还没有写出像样文章（散文）的技巧。也就是说作为执笔者最不胜任的我，仅仅出于我此前从未写过大恩人的事这个理由，便厚着脸皮写下这称不上文章的文章。一边心里满是对所有人的愧疚之情，还一边感受着天上与田先生的苦笑。

——第二十七届赤鸟文学奖颁奖典礼宣传册
（1997年7月）

---

1 《赤鸟》和《乳树》都是与田准一在二战前参与编辑或创办的儿童文学杂志。

小 象

小象
小象
你的鼻子　好长啊
　对的呀
　　妈妈的　也很长呀

小象
小象
你喜欢的　是谁啊
　这个嘛
　　我喜欢　妈妈呀

山羊的信

白山羊　发出的信　寄到了
黑山羊　读也不读　吃掉了
没办法　只好写了　一封信
——刚才的　那封信
　说的是　啥事呀

黑山羊　发出的信　寄到了
白山羊　读也不读　吃掉了
没办法　只好写了　一封信
——刚才的　那封信
　说的是　啥事呀

到——

在大家面前
我答应了

被点名 "石同学"
我答应说 "到——"

很大声地
我答应说 "到——"

去哪里了呢?
那一声 "到——"

好想给妈妈看看
那一声 "到——"

猴子画了一条船

想着要不画只船吧
猴子画了　一条船

让船吐出滚滚的烟吧
烟囱一根　立起来

总觉得有点太冷清
尾巴一根　加上去

画得实在太好啦
翻个跟斗　乐一乐

吊环君

早晨有早晨的忙
早安　电车的
出门　电车的
满员　电车的
吊环君
把办事员
和工人
还有老师
拼命用力地　拉着
紧绷绷地
拉　拉　拉

夜晚有夜晚的忙
回家　电车的
辛苦　电车的
满员　电车的
吊环君
把办事员
和工人
还有老师
拼命用力　拉着
紧绷绷地
拉　拉　拉

蜡笔儿

大大咧咧　走路
蜡笔儿
画什么呢
　　画母鸡　生蛋
　　那一瞬间

大大咧咧　赶路
蜡笔儿
画什么呢
　　画鸡蛋　孵出小鸡
　　那一瞬间

大大咧咧　还有还有
蜡笔儿
画什么呢
　　小鸡　叫出喔喔喔
　　那一瞬间

　　——喔喔喔、喔——
　　喔喔喔、喔——

纳豆[1] 小哥

一到清早　好高兴
纳豆小哥　玩游戏
拉拔河
拉拔河
拉拔河
在我的　米饭上

大家一起　好高兴
纳豆小哥　玩游戏
我粘你
你粘我
我粘他
在大家的　米饭上

1　纳豆：一种用黄豆制成的发酵食品，类似豆豉，有黏性。通常加酱油、芥末等搅拌后佐白米饭食用。搅拌时豆粒之间能拉出长长的黏丝，所以作者将之比喻为拔河比赛。

在脑袋上面

在脑袋　上面

有帽子在呢

在帽子　下面

有脑袋在呢

戴上去呀

　　咔—戴　噂—摘

　　嘜　嘜

在脑袋　上面

什么都没有

虽然　什么都没有

有天空在呢

如果　把帽子

摘掉的话

　　咔—戴　噂—摘

　　嘜　嘜

雨

下雨啦
下雨啦
下雨啦
天空洗洗大大的脸吧

雨停了
雨停了
雨停了
天空露出了干净的脸

水果糖的歌

从前　哭鼻子神仙
看着朝霞　哭了
看着晚霞　哭了
鲜红的眼泪　滴溜　滴溜
黄色的眼泪　滴溜　滴溜
眼泪洒遍　全世界
现在成了　水果糖
　　孩子舔　嘟隆　嘟隆
　　大人舔　嘟隆　嘟隆

从前　哭鼻子神仙
伤心的时候　也哭
高兴的时候　也哭
酸酸的眼泪　滴溜　滴溜
甜甜的眼泪　滴溜　滴溜
眼泪洒遍　全世界
现在成了　水果糖
　　孩子吃　啾噜　啾噜
　　大人吃　啾噜　啾噜

天 鹅

水上
天鹅滑过
对自己的　倒影
像是看入了迷
像是在做梦
　　看着它的
　　是我　和妈妈呀

水下
天鹅游过
拼了命地
划着脚蹼
像是很忙碌
　　看着它的
　　是鲶鱼　和鲫鱼呀

焰 火

焰火　升起
焰火　绽放
像花朵一样　绽放
绽放了　消逝了
立刻又　升起
就好像　消逝了的
焰火的回声一样

看了焰火　回家
跟妈妈　一起
走在　夜路上
走着走着　心里
升起焰火
刚才的焰火
小小的　远远的

噗噜噗噜的春天

青鳉的　哈欠
青蛙的　哈欠
哈欠的　泡泡
噗噜　噗噜　噗噜地
飞上　春天的天空

笔头菜的　哈欠
紫堇菜的　哈欠
看不见的　泡泡
噗噜　噗噜　噗噜地
飞上　春天的天空

小水牛的　哈欠
小山羊的　哈欠
困倦的　泡泡
噗噜　噗噜　噗噜地
飞上　春天的天空

小小的　泡泡
大大的　泡泡
满天的　泡泡
噗噜　噗噜　噗噜地
在春天的天空　玩耍

花开了

花开了
花开了
哈嘻呼嗨　呵呵呵
花开了
没有人会不看它

花开了
花开了
呵嗨呼嘻　哈哈哈
没有人会讨厌它

蒲公英

蒲公英　蒲公英
多漂亮的　绵毛啊
绵毛的　星星们
离开了　指尖
噗噗地　飞向天空

蒲公英　蒲公英
多好听的　名字啊
呼唤名字的　声音
离开了　嘴唇
噗噗地　飞向天空

天妇罗[1] 噼哩噼哩

嘿！妈妈今年　又开始
噼哩噼哩　油炸天妇罗了

大家都盼着的　紫苏籽的
天妇罗　噼哩噼哩　开始油炸了

寒蝉　今天早上叫了
没多久　噼哩噼哩　开始油炸了

像小时候　从外婆那里
学会的那样　开始油炸了

秋天味道的　紫苏籽
小巧可爱　颗颗粒粒的
天妇罗　噼哩噼哩　开始油炸了

1　天妇罗：也叫天麸罗。把鱼、虾、肉、菜裹上面糊后油炸，蘸调味汁或调味盐食用，现在是日本料理的代表菜式之一。

小雨点

小雨点　小雨点
你最初　去哪里
从云里　去山里
从山里　去溪谷
从小溪　涓涓流
涓涓流　涓涓流
把口哨　吹一吹
把团栗　冲一冲
把蕨叶　淋一淋
奔向那　水田边的
小河里

小雨点　小雨点
接下来　去哪里
转一转　大水车
逗一逗　小青鳉
哗啦啦　聊聊天
哗啦啦　哗啦啦
经过了　村公所
大河流　大铁桥
静静地　穿过去
来到了　海鸥飞着的
大海里

小 熊

春天来了
小熊　睁开眼睛
迷迷糊糊地想
开着花的　是蒲公英
哎……　我是　谁来着
是谁来着

春天来了
小熊　睁开眼睛
迷迷糊糊来到河边
看见　水里映出的　可爱模样
对了　我是熊啊
太好啦

油菜花和蝴蝶

油菜花
油菜花
你变成
蝴蝶儿吧

蝴蝶儿
蝴蝶儿
你变成
油菜花吧

辑三　名为蚊子的生命

单方面的痛苦

曾不经意地看见窗外天空中有大雁飞过,于是这偶然引发了我的种种思考。

被这里的人们随意地命名为"大雁"的这些鸟儿们,排列成那样的阵形,究竟要飞去哪里呢?为何,当我从窗口望去时,它们就正好经过这片天空呢?

随即又发现,我的这些思考,实际上同时也针对着我自己。

——擅自给自己取了个"窗·道雄"这样的名字,跟家人和朋友们热闹地相聚,这样的我此时究竟要到哪里去呢?为什么在那些大雁正要飞走的此时此刻,我正好就经过这里呢?

说起来,因某种巨大的意志,我的生命与蚊子的生命,在无限的时间和空间中,共有着一瞬间一个点,对这种神奇巧遇的感动,让我由衷地觉得大雁们就像我亲密的友人一般。

即便如此,大雁们也不可能得知我心中的感喟,我感到遗憾不已。首先它们甚至不知道我在此地如此过活。我心想,明明我这边满怀心痛几乎要落泪地在送别它们。

我想当然地以为着，仿佛它们即使在我触手可及的地方，我也决不可能会捕捉或杀死它们似的。

但其实，在我不曾了解的内心深处，应该已经察觉到其中的矛盾。也很难不察觉到吧。毕竟，人类是把人类以外的生命作为牺牲才使所谓的文化得以繁荣，这种做法，与其他生物为了维持自己的生命而牺牲自己以外的生命的做法，实在是大相径庭。

其他的生物们，只在饥饿时才把其他生命当作粮食摄入体内，遵循着所有生物共存共荣的原则。然而人类不论饥饱，都以追求没有穷尽的快乐为目的，大量杀戮着所有一切生命。并且那漫长的杀戮的历史成为习性，如今所有人类即便没有特别的理由，也会看见"活物"就想杀死它们。

所以，我们才会对与生俱来的这种无所适从的本性，无意识地怀着自责的念头吧。也就是说，目送鸟儿飞过天空时，目送掠过车窗的野草的花朵时，明明对方一无所知，我们却无以克制地对它们感到一种怀着怜爱的痛惜之情。归根结底这难道不是我们在无意识中对罪恶的一丝补偿吗？

我认为，这是现代人对于其他生物不得不抱有的一种命中注定的"单方面的痛苦"。在此基础上再附加一条的话，那就是当雁群互相呼应着振翅飞过的身影里，有种让人想感叹"这就是生命"的坚定。

这里不单有它们的"今日"，还有它们的"永远"。不，那里不单有"它们"，更有宇宙的"全部生命"。正因它们坚定地支撑着那个看不见的点，才有了熊熊燃烧的全部生命。

虽说现已颓废,对于本来也是生命的人类而言,其他生物才是熠熠生辉的"故乡"。

也许就是这种对如今已无从返回的故乡的思慕的痛楚,形成了现代人单方面痛苦的基调。

——《新世》第二十五卷第十号
（1971年10月号）

被笔记本夹死的蚊子

在这宽阔的白色书页上
清晰地开了花的蚊子

尤其是
徒劳上扬着的一只只脚

曾几何时　它出于什么样的理由
而不得不越过这书页呢

这并非　蚊子的错或书页的错
谁是谁非也没什么好说的吧

啊
这灵柩般寂静的书页上
看似干花的无声的蚊子

拍了蚊子后

拍了蚊子后
在手掌上
它伸着长脚
死掉了

轻轻地
摸了摸它的脚
忽地碎了
落在地上

手掌
看上去很宽阔
不由得
悲伤起来

蚊 子

有一个人
忽然有一天
拿起的一本书
翻开书的某一页
把某一行的
某一个铅字
当成了花盆
蚊子啊
你在那里
变成一朵花
绽放着

在　如此微暗的地方
自己祭奠着
死去的自己……

蚊 子

一到傍晚
说好了似的
蚊子飞来觅食

喂！我
觅食来了
"在还没被我吃到之前
你不拍我
也不要紧吗"
蚊子说着

蚊子
不这样一边说着
就不能来觅食吗
这一天一顿的餐食

蚊子啊！

蚊

蚊子死了
在杀死自己的　那个人的
手掌上……

留下一朵
鲜红的花儿……

——奉还给您
　　把这曾经流在您身体里的血
　　确确实实　还给您……

仿佛这是　逝者
致以生者的
礼仪一般……

蚊 子

嗡嗡地　来到额头上时
啪！将它拍落
再也不能轻易找到它
它成了一粒灰尘……
然后　我忽然想到
蚊子　只有雌性
才会来吸血啊……

是个叫什么名字的女孩呢
是否曾是蚊子男孩们
竞相追求的对象呢
有清澈的蓝眼睛……
有清脆动听的嗓音……

如果说地球上有一半的生物是女孩的话
有这般想法的我
一定是因为我是剩下的另一半中的一只
然而　自己亲手杀死了蚊子
马上就若无其事地思考这样的事……
应该别无仅有了吧
除了我这样的人类男子以外……

蚊 子

那一瞬间
夏日的　傍晚
脸上　抽动了一下
就像　自己挨了打
别人　在鼻尖
拍打了一下

打扁了　落下
蚊子
悄悄地　飞升而去
被傍晚第一颗星
遥远的　眼神指引着

现在　已经开始眨眼睛了吧
变成　不知是第几颗星星
微乎其微　几乎看不见……

蚊 子

有气无力地　靠近
发出刺耳的　声音
大力地　拍打之后
又会忽然　想到一些事
如果是很久以前的
良宽[1]先生的话……

他会　慢悠悠地
用手掌去扇吗……
蚊子　闹着玩儿一般
手也　闹着玩儿一般……

然而　它又有气无力地
凑过来……　刚这么想
就已　大力地拍了过去
足以　让蚊子丧命那么大的力
不致　让手疼痛的那么大的力……

1　良宽：江户时代的禅僧。擅和歌与汉诗。生前作品与事迹见于《良宽禅师奇话》等。

蚊 子

在土上不坐的吗
在土上不走的吗
就连睡觉的时候
也只是抓住花儿或叶子吗
用那比针还细的足尖……

从人们
弄得脏得不能再脏的土上
不论什么时候
都想离得远远的吗
如今你生活着的
是空中的国度吗

在神灵的眼里
你
是像星星那样闪烁的吗

蚊 子

不知从哪里
蚊子　凑上来

名为蚊子的
生命

就连如此
可怕的我

这名为我的
生命

毫不知情地
凑上来

拼尽全力地
用声音发光

因为它是
名为蚊子的生命

蚊 子

来了!
这么想的同时挥手拍打
忘得一干二净
忘了挨打的对手是谁它怎么了
忘了动手的自己做了什么

只有这规矩严守着
究竟有几百几十次
不,究竟拍死了几百几十只呢
将那小而又小的虫子
这大而又大的人类在一生中
爷爷这样叹息道

是正因如此呢　还是虽然如此呢
那几百几十只中
哪怕一只的面孔
我也没能记住啊……

蚊 子

在昏暗中
微微地　听见蚊子的声音
但是摆好了拍打的架势
跃跃欲试地等着
却在不觉间　睡着了

因为太痒　醒了过来
打开灯一看
右手的手腕上
有一朵　粉红的　小玫瑰

幸亏睡着了
才得以祝福了
幼小生命的诞生
像是要安慰
懊恼的心情
把那明证　挠了一挠

作者注：据说母蚊子吸血，是为产卵摄取营养。

蚊子

这些日子　在蚊子中间
似乎正在流行　思考
在墙角之类的地方
有蚊子　一整天
动也不动地思考着

思考来思考去
即使　依然不明白
思考过程中　终于
那些蚊子的身形
据说会变成
"？"的形状

不过　那是发生在英国的事
日本的蚊子　这时候
似乎很简单　就那样
歪着脑袋
就成了
"カ[1]"的形状

作者注："？"，即问号。

1　カ：即"蚊"的片假名表记。日语中通常用片假名来记录动植物的学名。日文中"カ"也用作疑问助词，兼具问号的作用。所以日文中通常无须使用"？"。

蚊 子

从鼻尖　嘤——地掠过之后
就没再出现　但它肯定
就在　这房间里

最近以来　不时会有
这样的蚊子
仿佛在显示自己　就在这屋里

差点儿被我拍到　又逃脱的蚊子们
是想戏弄我吗
怎么样　人类　不玩一会儿吗……

跳一跳　叫一叫
刺一刺　全是我做不来的事
罗列出来　很有意思……

草蚊子

在庭院里
干活儿的时候
草蚊子　时常会来
身穿　黑底带白条纹的
夏装

每当　夏季来临
一定能听见
那教人怀念的
旧时童谣般的
哼哼唧唧

啊　匆匆忙忙
这时候
它要做什么
我无从得知
因为那是草蚊子……

蚊子啊

在叶子之类的地方闪烁的
露珠　要来一颗
这世界竟有　只靠这个
存活的生物……

把名为生命的　生命
无论什么　都紧紧抓住
要了还要　贪得无厌
在想要吃尽一切的人类的
近旁……

哦　蚊子啊　如果你
平日的　想法和愿望
能显现在人类眼中的话
其神圣庄严　会让我们
一个不剩地
拜倒在　你的面前吧

蚊 子

在日暮的房间里独自一人
灯也不开地发呆
恍然发觉　我似乎
并非独自一人

孩提时傍晚的房间里
因为蚊子的叫声
就像小学的运动会
嗡嗡　嗡嗡　吵个不停
而此刻　好像只有一只　弱弱地
刺耳的声音　消失又传来

我的心　怦怦地跳着
虽然不太可能　那声音的主人
仿佛那　有着亲切面庞的
新月娘娘那样　此刻真的会
久违地　在这里
跟我见上一面似的……

辑四 这朵花

谢尔盖·波利雅科夫[1]《无题》

来访的编辑部的人问我：你喜欢什么样的画？我回答：我对具象画没什么兴趣，我喜欢波利雅科夫。

但说实话，对于画家波利雅科夫，其作品我几乎是一无所知，连一幅能清楚地想起的作品都没有。波利雅科夫这个名字简直是莫名其妙冒出来的。大致说来，我有没有看见过波利雅科夫的作品实物呢？实在是很不确定。

我于五六年前迁居到现在的新住所之后，就彻底远离了此前曾不时造访的东京市中心的画廊和美术馆。也许是因交通不太方便而怕麻烦，才导致了这样的结果。但我想这也可以证明，我对看画这件事似乎并没有那么喜欢，也算不上特别重视。

说起来，我并未经历过因看见某幅画而受到冲击，或感觉眼界大开的那种所谓邂逅。对喜欢的画家也没有喜欢到无以克制的地步，而是不断地变换着喜好。并且感觉近期美术界的动向之类也变得依稀渺茫，就好像与我全然无关的世界一般。

---

[1] 谢尔盖·波利雅科夫（1900—1969）：俄裔法籍抽象派画家。

波利雅科夫是我变成目前这般状态之前，在旧住所时喜欢的最后一个画家，这应该是毫无疑问的。大概是在画廊或画集里看了几幅他的作品而受到吸引吧。之后虽然想更集中更多地观赏，却一直没能实现，不知不觉间就忘记了。当被问到喜欢谁的时候，如同忆起往事一般，他的名字便从嘴里冒了出来。

编辑回去之后，我从桌边的杂物中几经翻找，终于找到了收录有波利雅科夫作品的画集。随手前后翻看了一通，翻到了寻找的作品，但并没有觉得特别精彩。倒是翻看过程中映入眼帘的蒙德里安、凯利、瓦萨雷利等画家的清晰爽利似乎更符合我的喜好。

又觉得不应如此，于是静下心来仔细观看，这才开始渐渐地恢复到当时那种喜爱之情。或许是恋旧的心情作祟也说不定，但那种有分量的共感一点点渗入并扩散开来，便也觉得如今看起来依然相当不错。

关于所谓的抽象画，从专业角度而言有什么样的理论我一无所知。只是就好像要说服喜欢抽象画的自己一般，在不知不觉间从自身的内部产生了自我风格的理由。简单说来就是，至少在看画的时候，想让自己的视觉保持自由，大致就是这样吧。我觉得甚至可以说，看画的目的即在于此。

话虽如此，无法指望人的视觉完全的自由。看见圆形感到柔和，看见有棱有角的形状感到坚硬，而看见红色感到温暖，看见蓝色感到寒冷，人很难从这些感觉中脱离出来。关于质感、平衡感，也只能顺应这样的地球环境耗费了久远的时间给我们培养起来的框架去发挥功能。不仅如此，我们可怜的视觉，甚至连我们生活在这世界上的极其短期的环境给各人套上的各种条条框框都难以挣脱出来。

总之，视觉应如何感知，已经被预先规定好了。

不仅如此，不论视觉如何感知，为了感知，在那之前首先必须去看，但是就连这看的自由，人们也正要亲手将之抛弃。而我对视觉所追求的，即是这看的自由。也许这么说有些夸张，守护这自由的最后的堡垒就是抽象画，我大体是这么认为的。

比如来访日本的外国人，在荞麦面馆的墙上看见那鬼画符一般的菜单，大多会觉得很美。这时的外国人因为不认识日本文字，于是将之作为抽象画来看，所以比识字的日本人更能自由地观看。

不只是文字。人类的文化建立在语言的基础之上，并且我们的生活因给所有事物命名而成立。看某个东西即是读取与该事物的本质无关的名字这个标签，由此得知的只是出于生活便利而被规定的意义。

这里有一个名为杯子的物体。当视觉触及它，不由分说地就被以杯子之名称之，于是这个物体被认定是用来装水或汽水、啤酒等供人饮用的器物，并由此忽略了全部。即便视觉偶尔忽然想起自己的功能，想要看到被隐藏在名字后面的事物本身，那已经被叫出的名字也很难抵挡得了执拗地萦绕周围的"杯子"成见的干扰。

这般厚颜无耻的名字之类的浅薄家伙，难道甚至在画里也有必要将之读出，任其横行霸道吗？这就是我对具象画不感兴趣的原因。

并且，在被语言命名、歪曲、省略、模糊以前的世界，能够将之原样、纯粹地做出视觉上构筑的就是抽象画，而我认为，抽象画是这世上能让视觉从"名字""解读""意义"中获得自由的唯一的世界。

如同耳朵最能成其为耳朵，不是在对话时，而是在倾听音乐这种抽象事物的时候。而眼睛真正最能成其为眼睛，不也是从"解读"解放出来，观看画这种抽象的时候吗？我想，不正是在这时候，眼睛才得以如同确认自身存在一般地去看的吗？不过即便这时，如前所述的那种只能遵从规定的感受方式去感受的悲哀，恐怕眼睛依然逃脱不了吧。

波利雅科夫的画里当然没有"解读"，只需看就好。只要看着，渐渐就能看见。由此显现的世界应该就是波利雅科夫苦苦思索的、既非此也非彼，但是依然不妥协地、只能笨拙地撞了东墙又撞西墙，最后终于踏入的世界。

虽然是看着复制品，但连那沉重的笔触和质感都是层层叠叠、用心涂抹而成，几近愚钝的真诚扑面而来。不禁觉得，面对无法预知能否抵达的世界，没有如同"解读"之类的便利工具，赤手空拳地前去探寻时，除了这样做，除了成为这样，还能怎样呢？

并且到了最后，不论哪一幅都可以，波利雅科夫的一幅画最后终于到达的世界，究竟在讲述什么呢？"啊，不是这里！"仿佛能听见那发觉没能去到该去的地方时的独白。那独白对我而言，仿佛一种让人成其为人这种生物的存在的声音一般，深厚而又沉重。

——《水江》第七百八十八号

（1970年9月号）

这朵花

这里　一朵
仿佛眼前一亮的　鲜黄的
开着的　花儿

越看　越觉得
这朵花
只是
这朵花

想钻进
花儿里
翩翩地
翩翩地
变成　黄蝴蝶
飞舞在周围的

是这里的人们　命名的
那个叫作郁金香的
名字?

牵牛花

不禁想用双手
轻柔地
将它呵护
这可爱的花儿
是牵牛花

就在此刻
刚刚抵达
这地球的
新出炉的
清晨的容颜[1]

尚且
带着扑鼻的
宇宙的气息
今日初始的
容颜

---

1 清晨的容颜:牵牛花的日文名为"朝颜"。

山茶花[1]

经过身边时　山茶花

是小鸟的声音吗　山茶花

微微的一阵风儿　山茶花

越看越是　山茶花

阳光照过来　山茶花

邮递员也看　山茶花

路过之后依然　山茶花

睡前忽然　山茶花

---

[1] 日语中的"山茶花"指的是茶梅一类,念作"sazanka",语音十分清脆。

鸭跖草的花

像羽翼那么轻柔吗

从那遥远的地方
落下来
竟然没有摔碎的
蓝天的　一滴

此刻还能看见
从这里　连绵不绝
舒展而去的
层层涟漪

难道是　对那片天空的

连绵不绝的
思念吗

雁来红

太惊讶了

它们没完没了地　生出来
像蝴蝶那样　飞走了
发出声音之前的
名为"燃烧"的话语们
从我这身体之中

就像被国王召唤的
随从们一般
朝着　今年初见的
那秋日的火焰

而他们将火焰旋转起来
眼见着　速度越来越快
燃烧　燃烧　燃烧　燃烧着……

我　变成了空壳儿
守望着
我的话语们
如某时的陀螺般　无尽旋转
变成了　秋日火焰
闪耀的皇冠

叶牡丹

叶牡丹　正回忆着
今天也　坐在天空下面

像是久远的往昔
像是久远的未来
在海底　开着花的自己

和珊瑚　海百合
还有海葵们　一起
让水母和小鱼们
在四周
玩着捉迷藏的自己

培育出叶牡丹的
据说是人类
从卷心菜那样的野草
在并不那么久远的过去

可是　叶牡丹
为什么　会开心地沉浸在
那么奇特的想法里呢
是不是因为　我们这些生物的祖先
在很久很久以前
是从海里诞生的呢

火棘果

澄净的　秋日天空
火棘的　红色果实
密密麻麻地　集结
闪烁着光芒

枝杈的长势　横七竖八
果实密集着　互不相让
一片片叶子　到处疯长
全都是为了　繁衍子孙
才如此蛮横莽撞

只靠自己微小的力量　今后
在过冬的　小鸟们的眼睛里
那蛮横莽撞　看起来
才是来自天空的
最大声的　鼓励吧

红饭花[1]

这稚嫩纯真
这谦恭有礼

是来自上天　是来自大地
遥远　遥远　遥远……

然而　这草所散发的
气味　在此时此地

啊　与天与地　都毫无关系
那是我　小小的叹息啊

可别弄脏了
这花下的　哪怕一个角落……

---

[1] 红饭花：即马蓼，因儿童玩过家家的游戏时常用它来代表米饭而得名。

紫花地丁

可别像牛虻
还有蝴蝶们那样
自顾自
逃掉了

紫花地丁　低垂了头
总是　小心守护着

守护　自己的影子
还有　自己的心

因为　这是一条
过于寂寞的山路

枇杷的种子

即使拈来　放在手心里
它们仍然　相互依偎着
就像　熟睡中的　小熊哥俩似的
圆圆　胖胖的

依旧保持着　在金色的温暖卧房里
直到刚才　还保持着的状态

试着　摇晃了一下
试着　拨拉了一下
它们也决不　张开绿色睫毛
直到　周围的世界
变成　刚才梦见的
那般模样

被放在　太阳温暖了的
柔软大地的床上　直到
云雀的歌
雨滴的歌
轮流着　唱给它们听的时候

人类家园的

冬季萧瑟的
空荡荡的天空下面
为了让小鸟们的眼睛看到
红通通地　闪亮着
好多好多　聚集着

珊瑚木的果实
卫矛树的果实
冬青树的果实
南天竹的果实

为了让小鸟的嘴巴　容易吃到
颗粒小小　圆圆的
滑溜溜的

草珊瑚的果实
朱砂根的果实
落霜红的果实
火把果的果实

这里的庭院里
那里的篱笆上
人类家园的
人类家园的

蒲公英开花了!

蒲公英开花了!
蒲公英开花了!
四月的　那个太阳说

不对　是今年
一九六九年的　那个太阳说

不对不对　是今年
它真正的年龄
究竟多少岁了
谁都不知道的　那个太阳说

而且今年　其实是
蒲公英们的
第几亿几万回的　生日呢
唯有它知晓的
那个太阳说
蒲公英开花了!
蒲公英开花了!

樱花的花瓣

从树枝　离开
一片花瓣

樱花的　花瓣
抵达了　地面

现在　是结束了
并且　是开始了

一件事
对樱花　而言

不　对地球　而言
对宇宙　而言

过于理所当然的
一件事

无可替代的
一件事

树

树　之所以立在那里
那是因为树
一直在天空中书写着
今天的日记

向着那太阳
几十年
几百年
没有一日一时停歇的
延绵生命的今天的……

雨呀
小鸟呀
风儿们来　专心诵读
每当听见
人们会察觉

这独一无二　母亲般的星球
这绿色的地球
正获得多么　全心全意
由衷的赞美

在人们心上

也深深地　渗透
尽管是地球的语言
或许是宇宙的语言
乘着辽远的　曲调……

我的花儿

从一早开始　描绘着
花的图画
好不容易　才画好了

从内心深处　喷涌而出
一股　清泉
向这指尖　聚集而来
变成　几乎看不见的
水滴
膨起　膨起
终于　坠落
啪地　开花了吗

一朵鲜红的花
我也是初次看见　我的花儿
世界上　唯一的一朵　花儿

我感觉　好像　听见了
为了　飞来　这朵花上
此刻　在某个地方　诞生的
崭新的　蝴蝶羽翼的　扑簌声……

辑五　现在！

爱动物的心

这世界上之所以有各色各样的事物，大概是因为它们各自在某种意义上，都是非有不可的吧。

这世界上存在的一切事物，都应该以其原本的状态得到认可，得到祝福吧。

这世界上所有一切的事物，各自拥有身为自己的形态、性质，并互相保持着关联，这是一个多么重大的事实啊。

路边的石头有着石头的使命，野地的小草有着小草的使命。

石头以外的任何物体都不能成为石头，除了小草之外的其他任何物体，也不能成为小草。所以，世上的一切事物在价值上都是平等的。大家全都各有各的尊严，大家都应该可以随心所欲地存在。

当我思考这些事的时候，不禁深深感念活在这世界的喜悦。

并且，如同石头在大地上休憩，蚰蜒在石头下面安睡那样，一切事物都是在其原本的状态之下，兀自相互帮持着。

所以,"爱"才是自然而然,流动于万有存在的根底的血液啊!

并且,作为生物,而且是作为其中的人类被赋予了生命,有意识地活在这爱当中的我们,又是多么难能可贵啊。

*

我权且将构成我的爱之生活源泉的"爱心"分为三种。

其一是对人类的爱;其次是对人类以外的生物(也就是动植物)的爱;另一种是对无生命物的爱。在这里,将全然不去涉及对人类以及植物的爱,而是如标题所示,把重点置于"爱动物的心",并将之与对无生物的爱心加以比较。

虽说同样是对动物的爱心,但是对猫狗的爱与对金龟子或瓢虫的爱,那感情是大不一样的。所以,不能一概而论地说"对动物的爱心是这般性质的",但至少可以先做一些描述。

即对动物的爱心,首先自己是爱的主体。总之,去爱的是我,被爱的是动物。换言之,对动物的爱心是"想要去爱"的心情。就像母鸡将小鸡庇护于两翼之中,让它们紧贴自己,想要爱护之、怜爱之、爱抚之的心情。

并且这种爱包含着亲昵,并伴有松弛的心态。对某种动物,不禁想招呼一声"喂!"尤其是看见猴子之类的面孔,便会"哎哎"地搭个讪什么的,想拍拍它的肩膀与它相视而笑。

然而,如果是对无生物就不能这么做,尤其对土地等的爱,与其说是一种"想要去爱"的心情,倒不如说是"想要被爱"的心情发挥着巨大作用。正好与动物的情形相反,去爱的是无生物,想要被爱的是自己这方。总之对无生物感到爱心的我,是那个想要得到无生物的爱的我。

总体说来,对无生物的爱心是静态、透明且谦卑的,包含着一种想把自己的身体深深投入到对方怀抱的心情。

而且,不论是对动物还是对无生物,当那种爱达到极度高潮时,会有刻骨铭心的切身感动,同时,对大山等无生物的爱,就像幼儿扑进母亲怀里大哭时那样,会感到一种可以舍弃一切,只想尽情地依偎在母亲怀中的兴奋。而对小鸡等动物的爱,则是一种想要尽情宠溺的冲动。

也就是说,面对动物与对无生物的时候,倾注的爱的性质是截然相反的。一个是"想要去爱"的心,一个是"想要被爱"的心。

*

我现在想思考一下,为什么对无生物的爱有着"想要被爱"的倾向,而对动物的爱却有着"想要去爱"的倾向。

比如前面关于山和小鸡的例子,那未必是由于形状的大小，也就是说，不只因为山很大而小鸡很小的缘故。的确山很大而小鸡很小，但即便是面对一把沙子，那一粒一粒清晰地滑落且全都服服帖帖地聚拢着的一把沙子，也会不禁从心底产生某种企望怜惜的，或者说是期望它能将胸中肆意蔓延着的丑恶驱除的悸动或震颤。与之相反，面对有着岩石般躯体的大象，站在它的脚边，看着它地图似的皮肤、豆粒般的眼睛，不觉间甚至会生出一种忍不住要去拥抱它，将脸贴近，一次次抚摸它的心情。

所以，关于这种现象最主要的原因，我的看法如下。

首先，怀着这样的爱心生活的我们人类本身就是生物。只要是生物，就命中注定了"死"是无可避免的。总之我们或早或迟，终究要回归为无生物。

类似这种达观，或者说是穿过了绝望之后的平静、萧瑟、寂寥的世界，这个事实，一直潜藏在我们的内心深处。并且，在接触无生物的时候，不论它是天空或大海还是土块，无论什么，我们都会立刻为蕴含其中的这个事实震颤不已。这对于"不久自己也会变成同样的无生物"的震颤，就是对"可是现在的自己是个在丑恶本能的生活中难以自拔的生物"的震颤。这是乡愁也是叹息，是忏悔也是哀怜。总之无生物比我们生物更优越，可以说是父亲、是母亲，拥有着全然超出我们生物之力的力量，令我们为之醒悟，感受到大爱般的存在，对此，我们只能乞求慈悯，请求原宥，期望抚慰。此外还有一点，那是对将我们造为如此模样、让我们这般生存、超出我们认知的巨大存在做出绝望的思索之后的叹息。这种叹息的所向之处，除了这为父为母的无生物之外绝无其他。

关于对无生物的"想要被爱"的心情，虽说还有必须更深入谈论的事，但我认为主要是由于上述原因。

接下来要谈论动物。

在现实中凝视眼前的动物时，在这不论时间上还是在永劫不复的空间上都可称之为无限的宇宙之中，纯属意外地在同样的时间地点相对而视，这件事令人不禁深深地感到不可思议，以及庄严和喜悦。

但仅这个理由的话并不限于动物，这是从我对植物或无生物等差不多所有事物的爱心中可以概括出的基本感受，但在面对动物时，对视的双方，也就是我和那动物都是同为有着饮食、生殖、死去过程的"活物"，同为希求着永生却显然背负着"死"的"活物"。特别是身为其中大多数的我们都是别无二致地一同持续着睡与醒，步行，发声，甚至还流淌着血液的"活物"。

或可说是同病相怜，这种心情令人对动物真正地感到亲近、感到安慰。然而基于这种精神生活而言，动物与我们人类完全是不协调的。因此除了这种感到安慰的心情之外，对身为弱小、可怜者的"怜恤之情"发挥着更强作用。

也就是说，并非"想要被爱"，而是"想要去爱""禁不住去爱"的心情。

＊

另外,我对动物的爱心在很多情况下是"对人类霸道的歉疚"在起作用。也就是说,其中大多包含着"想要赔罪的心情"。

虽说它们除了本能的生活之外没有别的生活,但它们哪里有我们这样狡诈、这样腹黑呢?明知是恶却有意为之的无耻,它们身上哪里有呢?它们知道的只是让自己本身顺利地成长,除此别无其他。

纵然如此,我们却将饿着肚子飞来的蚊子一掌拍死,将正倾诉爱恋的树莺反手间套入了罗网之中。

啊,大家本来都应该是随心所欲、自由自在地活着。常有那种逢人便摇尾乞怜,怯懦顺从的狗,每当目光遇上狗儿乞求怜爱的眼神,我甚至会有一种自身可悲的罪孽被暴露于人前的感觉。

但是最令我不禁感到切肤之痛的是,那一被发现便必定被杀害的蛇。虽然并非因为我本来也喜欢蛇,而《创世记》中的蛇、身为远古的人类仇敌的爬虫类等等,即便是真实无误的,但一想到它们那仿佛是为了被残杀而出生的一生,便不禁为之落泪。

并且,在我的"爱动物的心"的深层,时常流动着的大多是这种"对人类霸道的歉疚"的实感。

天暖之日,将身上的虱子一只一只地拈出来,让它们与自己一起,悠然地晒一天太阳,到日暮时又将它们一只一只地拈起放入怀中。良宽和尚的这个故事即便是后人编造,也是令我欣慰的。

*

上文主要依据我思考的角度，谈论我自身爱心的性质。下面想写一下我的常识中的"爱动物的心"。（当然对我而言，两者都是真实的心情。）

大体上，动物各自拥有匀称的体态、调和的色彩，并且其形态和色彩在该动物的生活中也是最为适宜的。

其中有散发芳香的动物，也有声音美妙的动物，不论哪种，都不是无用的，之于它们的生活都是必需的。并且似乎正因如此，它们的外貌、身姿、全体，都如实地表现着它们的生活状态。常言道，面容是心灵的镜子，准确地说，我甚至觉得它们的外形如实体现了它们的内心。

所以当我们因映照于我们视觉中的它们的外貌而被诱发了爱心时，有时是因其形态本身，即因纯绘画式的或是纯雕塑式的美而受到吸引，有时是为它们散发着美好芬芳的心地和生活深受感动。但通常来说，几乎不会如此清晰地分别感受，而大多是同时感受到两者。并且因身为对象的各个动物的外形不同，对它们的爱心也各自带有不同的倾向。强烈如对所有动物的"幼崽"所产生的"好可爱"的感受，以及对某种昆虫或鸟那样，因为它们"实在太过美丽"，对它们的心情与其说是对动物的爱，反而更像是嗜爱珠宝之类的心情。又如娃娃鱼那样，因为实在丑得出人意料，反而能催生出一种"白痴更惹人疼爱"的父母心一般的爱意。

但是，总体而言，从它们那没有善恶，天真无邪，没有罪过，没有钩心斗角的内心，从它们那不因繁杂的伦理而畏畏缩缩、忠实于本能、极其坦然的生活态度之中，寻不到稍许的炫耀、丝毫的虚伪或任何疑问。当面对它们时，我的良心有被刺痛的感觉，并且在被几多生存竞争磨耗了的理性层面，仿佛有浓厚阴影笼罩下来。感觉既想膜拜，又心生羡慕，也感到羞愧，随后这些将转变成带着内疚、懊恼、欣慰的爱的情感。

有一次我曾在下着毛毛细雨的路边观看正在交尾的蟾蜍。在一只拄着两爪，坦然而坐的蟾蜍背上，是拄着两爪，同样坦然的另一只。而且两只都瞪大了双眼，默默地一动不动。在这里，仿佛所有一切都于其原本的模样得到了肯定，充满了无以言表的静谧和庄严的生命之真实。

我在那一刻，想由衷地讴歌生命的喜悦，但这种感觉或许已经超出了通常所说的爱心的领域。

*

我将就此搁笔，但同为动物的物种当中有阿米巴[1]，也有鲸鱼，在没有对各种动物做出个别的论述的情况下，我写下的也许是可写可不写的东西。即便如此，我终究要秉持我的思想，主张对任何动物都必须共通地以爱心对待的世界观，就是要对一切动物，对形态各异的它们怀有形态各异的爱心，而这爱心反映着上述的世界

---

[1] 阿米巴：是一种单细胞原生动物，仅由一个细胞构成，可以根据需要改变体形，因而得名变形虫。

观。而要把这种爱心付诸实施时，首先考虑的是，人类既然是生物，就不得不为着正确意义上的"食"而杀生，虽然如此，也要避免无意义、无反省的恶意杀戮。更进一步，还应尽心尽意，爱护、爱抚它们小小的灵魂。

啊，愿世上所有一切，大家一同，全都能随心所欲地活着。

——《动物文学》第八辑

（1935年8月）

兔子

生为兔子
很开心的兔子
蹦啊
蹦啊
蹦啊
蹦啊
兔子　也不会不是兔子了

生为兔子
很开心的兔子
跳啊
跳啊
跳啊
跳啊
草地　也不会没有了

兔 子

——在下是兔子
就像　这么说似的
因为　兔子这方
毕恭毕敬地　端坐着

天空这方
原野这方
也都毕恭毕敬地　迎接着兔子呢
——这位是　这位是
兔子先生啊……

白 兔

很温暖吧

眼睛
就像 暴风雪里的
灯光一样……

蚂 蚱

停在叶子上的
蚂蚱的眼睛里
一丁点儿
晚霞燃烧着

可是　蚂蚱它
只看见了我
依然开着引擎
保持着随时可以逃走的姿势……

啊　在强势的生物
与弱小的生物之间
如河水般流动的
水稻的气味!

孔　雀

舒展的　羽毛
正中间
孔雀　变成了
一股喷泉
哗啦哗啦哗啦
请看　它在周围
挥洒　丢弃的　宝石
此刻
除了　一颗温柔的心
它一无所有
美丽
清瘦地　伫立着

墨鱼干

终于
它变成　箭头
询问着

"大海
　是在那边吗？"

狗

冷清的路上
一只狗　走着

紧跟而来的　影子
给它影子的　太阳

它都没注意到
依然走着

因为是狗
四条腿都用上了

啪嗒啪嗒
孤零零的

小黑与我

听见　我放学
回来的脚步声
小黑　猛冲上来

又是胡乱叫
又是胡乱咬
又是胡乱舔

像是等我等得心焦
要到处写下
乱七八糟"喜欢"的字样
好几百好几千
乱跳一气　乱踢一气

我搂着小黑
像大山那样　稳稳地坐着
警惕地巡视　整个世界

那架势就好像　如果狮子、老虎、豹子
还有豺狼和鳄鱼
都一起
朝着小黑扑上来
我会说"敢来就来吧！"

蚂蚁君

蚂蚁君　蚂蚁君
你是谁
我是人类
名叫三郎
蚂蚁君　蚂蚁君
你是谁

蚂蚁君　蚂蚁君
这里是哪里
对人类来说
这里是日本
蚂蚁君　蚂蚁君
这里是哪里

蚂 蚁

蚂蚁它
实在太小
就像　没有身体似的

只有生命　裸露着
亮晶晶的
像在运转似的

仿佛只要　轻轻地
触碰一下
火花　就会四散开来……

蚂 蚁

当我看见蚂蚁
对蚂蚁
不由得
会有一种
愧疚的感觉

生命的大小
不论谁
明明是同样的
可是我生命的容器
偏偏这么的
庞大笨重……

百足虫 [1]

是撞见什么了吧
真的是　发生了什么吧

在雨过天晴的　庭院角落
用"一〇〇〇"条腿
缓缓而行的　百足虫
突然　停止了脚步

骨碌骨碌　把生命卷起
变成　宇宙的中心

震撼了些什么
闪烁了些什么
就像仙女座星云那样!

1　百足虫：即马陆。节肢动物。体长约 2 厘米，形似蜈蚣。

一看见百足虫

缓缓地
百足虫　行进而去
一看见　百足虫
百足虫　经过我面前

缓缓地
时间　行进而去
一看见　百足虫
和百足虫一起
和我一起
和宇宙一起

为什么　行进而去呢
往哪里　行进而去呢
一看见　百足虫
所有的　一切

从哪里　行进而来！

跳 蚤

实在是
美好的事啊
跳蚤
就是跳蚤

居然不是大象

长脚蚊

傍晚　厨房里
闯进一只　长脚蚊
撞在那里
撞在这里
撞在对面
这里是牢笼吗
这里是魔窟吗
无法呼吸
眼睛看不见
这世上怎么会有
这么糟糕的地方呢
这一定是梦
一定是噩梦
直到刚才还是
温柔的地球
在哪里　在哪里　到底在哪里
把夸张的手脚
撞在墙上
撞在锅上
撞在水壶上
撞在天花板上
灰头土脸　遍体鳞伤
满头是包的

磕磕碰碰　长脚蚊
磕磕碰碰　长脚蚊

蛐蛐儿

草丛里
蛐蛐儿在叫着

就像汩汩涌出的
泉水那样

啊
好想捧一把

好想　就那样
满满　捧在手里

等小小的天空　降下来
就用脸蛋去摩挲它

然后　我要轻轻地
把它　放回原处

小 鸟

天空的
水滴?

歌声的
花蕾?

用眼睛的话
可以　触摸你吗?

麻 雀

不是井边会议[1]
应该是屋檐会议
应该是屋顶会议

总之
若没有　那叽叽喳喳
人类的村镇　就无法迎来
美好的清晨

究竟　从多久以前开始
因为什么
变成了这样呢

说不定
是想把　叽叽喳喳的叫声
无论如何
也要教给人们吧
那样苦口婆心地

教给我们这些
以不听劝著称的　人们

1　井边会议：指主妇们在水井边等日常生活场面中聚集时的闲聊。

知　了

今晨　从土里爬出来
知了　已经在唱着歌

从没学过
从没听过
久远的　祖先时代的歌
久远的　祖先时代的曲

太阳　万岁　岁岁岁
太阳　万岁　岁岁岁

歌声　燃啊　燃啊
升上树梢　升上云朵
穿透云朵　升上天空
被太阳　捧在手中
被那手指　把玩　捏碎

闪耀着
摇曳着
再次向着故乡的　大海高山河流
深深地　深深地　飘落下来
往土里　渗透进去

久远的　子孙时代的夏天
久远的　子孙时代的天空
想要再次　燃烧着升上去

太阳　万岁　岁岁岁
太阳　万岁　岁岁岁

豉 虫

圆的中心
不是用针尖戳出来那么大的点

是那个点的　中心的
再中心的
再再中心的　再再再……中心

圆的中心
是从圆周围的　任何地方都同样
无限远去并闪耀的
看不见的星星

不过　正因为看不见
豉虫啊
你才越发　一心一意地
不断寻找吗

就那样　几万年也不停歇地
转啊转啊　转啊转啊……

绵 羊

在纸上写下
笨蛋
糊涂虫
大傻瓜

把纸凑到
它面前
它咩——咩——咩咩——地叫着
吃掉了

那眼睛　多么清凉！
就像　把飘浮的棉花云
不知不觉间　吃掉的
蓝天那样

我不禁觉得
吃掉的　应该不是纸
而是名为"我"的大傻瓜吧

山　羊

动物园的山羊
捡到纸屑就吃掉

纸本来就是　森林里的树
所以会有些许　森林的气息吧
所以会有些许　叶片的味道吧

把看客乱扔的纸屑
不声不响地　捡起来吃掉
仿佛连人们看不见的东西
都看得见的　澄净的眼睛

其实　并不好吃
它不也一样
为人们捡起来吗

因为它们知道
那都是人们一边采一边扔的
可怜的树木……

金铃子与小星星

夜里　天空也要
睡觉吗
金铃子
打了个电话
　　丁零　丁零零零
　　小星星
　　你睡了吗
　　好安静啊

即使夜里　天空
也很辽阔吧
小星星
滑溜了一下
　　嗖——嗖——
　　金铃儿
　　我滑得很溜吧
　　我还没睡呢

鱼

鱼铺
在卖着鱼
鱼　不知道

人们
都在吃鱼
鱼　不知道

不论海里的鱼
还是河里的鱼
全都　不知道

生物与无生物

什么是生物　说句好听的
就是活生生的　说句玩笑话
那只是　冒冒失失的东西
什么是无生物　说句好听的
就是安安静静的　说句玩笑话
就好像　睡糊涂了的傻瓜

那边的石头　和在那上面
挠着脑袋的　小蚂蚁
那装了水的杯子　和插在杯里的
野菊花　每当望着它们
关于生物和无生物的关系
总感觉　非常深奥

那还用说……　若是造物主的话
大概会这么说　在遥远的往昔
生物就是从无生物之中
诞生的啊　也就是说无生物
是生物的母亲啊

马的脸

从一旁端详马的脸
不由深深感动

渗出汗水的肌肤
映着晚霞　呼吸的
仿佛是来自地底的气息
仿佛是我们
所有生物的气息

浑圆的眼珠
裸露着　目光温润
仿佛就在此刻
刚刚由神灵清洗过
除了那神灵的面容之外
似乎什么都没有映出

不由深深感动
在身为这擅自将
名为生物的生之性命
任意妄为的
人类孩子的　我的胸中

现在!

在满天　密布的星星当中
既不是　那边的那颗星
也不是　这边的这颗星
更不是　哪边的哪颗星

在这里　地球这颗星球上面
我们　活着

和小狗
蝴蝶
晚霞
朋友
森林
星期天
山谷回声等等　一起

既不是　多么远或近的　过去
也不是　多么远或近的　将来

犹如不断跌落的　瀑布那样
轰隆隆　轰隆隆的
现在!

辑六　与物同在

黑板

在我才九岁还是十岁的时候,有一天父亲买来一块小黑板,挂在我的房间里。我高兴极了,在上面涂涂抹抹地涂写了一些既不是功课也不是涂鸦的画和字迹。一段时间里,我小小的脑海被这块四方的黑板占据着,不论想事情的时候还是做什么的时候,都被它阻挡着,憋闷得不得了。坐电车时,感觉黑板也跟到电车里来了;看天空时,感觉黑板在天空深处闪着光。跑腿回来,离家越来越近时,总觉得自己不在家的时间里,黑板一定发生了惊人的奇迹,心里怦怦直跳,不禁担心家里会不会变得到处是黑板什么的。黑板甚至闯进了梦里,但在梦里,黑板很奇怪地朝着另一边,怯生生地挂在够不着的地方。我气得哭起来,它便悄悄地降低了一些。清早起床的瞬间,总感觉家里发生了什么美好又开心的事,自己好像睡过了头,没有注意到发生了什么事,懊恼得不知如何是好。在家中某处的墙上,确实是空落落地新开了一扇窗户似的。确实从哪个方向,有亮光闪烁着照进来。记得很长一段时间之后,我才注意到"哦,那就是黑板啊"。

那时我在黑板上写了些什么已经不记得了，总之就是极度振奋地，把能想到的随便什么都写下来。并且不论写什么，都自我陶醉地感觉写得很不错。每次写了东西都去把祖父或母亲拉来，待他们感叹一通之后才肯擦去。实际上看了黑板的大人，不止祖父和母亲，包括邻居的姐姐还有对门的叔叔什么的也都超出预期地表扬了我。得了表扬，我很高兴。一想到"我写得很好啊"，便感到兴奋不已。由于过于兴奋，我甚至有种"我大概是神的孩子吧。可能会马上大放异彩也说不定呢"。这样自己糊弄自己一般地胡思乱想，似乎也是从那时就已经有了。但是自己都觉得"这个很糟糕"，也一样得到称赞时，我便有种被抛在一边的奇特心情，仿佛被表扬的不是我的画或字，而是粉笔本身得了表扬一般。

"这样的画不行！"有一天我把粉笔和擦子砸在黑板上便冲出了家门。自己觉得完全不行的画，祖父和母亲竟然赞不绝口到让我吃惊的地步。我一口气跑到外面的路上，拐了好几个弯，最后来到阳光照得正好的一处大屋的土墙旁边。那里位于很少有人经过的田地一角，只感觉周围暖洋洋的。我依着土墙，支着膝头蹲下身来，天空、人、世间和声音仿佛一齐远离了。在膝头上摊开的手掌隐隐散发出一阵阵若有若无的粉笔气味，鼻头也不由得随着那气味一阵阵地抽动。这时我忽地悲伤起来，连自己都觉得惊奇。眼泪没完没了地流下来，喉咙深处感觉很疼。我想自己一定是世界上最悲伤的人，就像营原道真[1]被流放到海岛那样。我不停地哭,不停地搓手指,眼泪洗净了手上的粉笔灰。指纹一圈圈绕着旋涡,那一圈圈的纹路越看越美。我想数一数那旋涡有几圈,一圈两圈地数着,不管怎么数,总是在第五第六圈左右花了眼睛,数不清楚。一次次从头开始数起,试了很多次都是同样的结果。不过,每试一次,堵住的鼻子就会"哧噜——哧噜——"地发出鱼鹰一般的鸣叫声。所有的指纹都绕着圈圈。"阿道的全都是斗,一定会出人头地的。"祖父曾经这么说过。我突然想念起祖父来,好像被流放的不是我而是祖父和母亲。不但如此,我甚至觉得元凶就是我,这让我很不安。我慌张地站起来,急急忙忙往家跑。一路上,被太阳照得暖融融的心头有种难以抑制的奇特感受,让我不得不使出浑身的力气。我不顾一切地奔跑,但最后回到家后怎么样了,我却记不清了。只记得我被一向和蔼可亲的祖父和母亲,以及其他许多的面孔包围着,怎么哭也哭不够,恨不能在肚子上再开一道口子让我哭才好,一边这样想着,一边懊恼不已。

这件事之后不知过了多久,不觉间那块黑板从我的房间隐去了身影,同时也从我的记忆中消失了。可就在去年左右,我临时借宿在一位老婆婆家的儿童房间里,正是在那里发现了一块同样的小黑板,让我不由得回想起往事。倒也并未生出往日那般困顿的感觉,但的确那四方的形状一点点地占据了我的脑海,并且在那里往日的我好像在不断地胡写乱画。既然如此我将继续涂写,

---

[1] 菅原道真(845—903):平安时代的贵族文人,被后世尊为学问之神,曾被流放。

挂着它一直到进棺材那天。我把它当作勋章一般，也许会拿给阎王看。一定会给它看吧。那是一块比还带着光泽的新灿灿的教科书更大的黑板，那上面某处，有个鹿眼般柔和又难忘的节点。

——《昆虫列车》第一辑

（1937年3月）

与物同在

不论何时　人都和物在一起
一副理所当然的样子

一副同样理所当然的样子　相信
物们　也是这样的

即便是独自光着身子　在浴室洗澡的时候
也跟毛巾、梳子、镜子、香皂在一起

可是浴室　本身也是物
那浴室所在的住房　当然也是物

这世上的人　唯独不可能
被物离弃

即使有　被所有人都离弃了的人
也很难相信　那个人

会没有一块　体贴的
布片　亲近着他

有物存在

有物存在
假使没有的话
不对　虽然有是有的
但此刻这里没有的话
会让人感觉多么寂寞啊

有物存在
要说不知道就不知道
要说知道也算是知道
可以这么以为之物
过去不知道但现在知道
现在不知道
而后某一天也许会知道
越想越这么以为之物
啊　不论任何时候
尽是些全然不得而知之物
不过　在物一方
全都知道我
越想越这么以为

啊　存在
仿佛为我而设的存在
数不胜数

那无限之物中的一粒

在这个我的眼中

如此耀眼地洋溢闪耀着……

坛子·I

凝视坛子
不觉间
连同坛子的那份
也一并呼吸着

坛子·II

坛子
非常安静地
伫立着
所以　看着就像
端坐着一般

地球的事情

从串珠子的　手上落下
红色的珠子
从指尖　落向膝盖
从膝盖　落向坐垫
从坐垫　落向榻榻米
向更低的　地方
向更低的　地方
奔跑而去
滚进榻榻米一角　烧焦的小洞
停住了

仿佛在说
按照说好的路径
规规矩矩地奔跑
按照说好的地点
规规矩矩地来了
此刻　它露出安然的样子
闪亮着

啊　让如此细小的
小不点儿
跑到这里来的
地球的事情
究竟是什么呢

另一只眼睛

劳作了一生
香皂　变得如此之小
在我眼里　怎么看
也不像是
香皂的　老奶奶
而是像　香皂的
小宝宝那样
招人喜欢

好傻的眼睛啊
我想
能够这样想　那是因为
另一只　美好的眼睛
也正在　盯着看呢

一直　就在
我们人类
心灵的正中间

塑料袋

点燃了堆积的纸屑

混在里面的一个塑料袋

不断缩小

噗吐噗吐吹出泡泡

一眨眼就消失了踪影

正当其他纸屑们

越发美丽地

燃起的时候

它独自

仓皇失措……

曾被塑料袋装回来的

金鱼们

此时还在后面的水池里

悠闲地玩耍着

除了我之外　已经

谁都不记得了吗

正午灼热的一公里路

从城里　急匆匆地走回来的

那天的塑料袋

尽力保护了弱小的生命们
大大地闪耀着的
那颗宝石

纽 扣

因为　做着纽扣的工作
所以是纽扣

因为　被制成了纽扣
所以是纽扣

对我们
人类　而言……

在世界上　最短的
隧道里
进进出出　就是
它的职责……

但　究竟是什么呢　纽扣
对纽扣　而言……
对宇宙　而言……

纱 布

看上去　只不过是
棉线和空气的线
织成的格子而已……

纱布那　澄净的网眼中
根本看不见
那本不存在的敌人与朋友的区别之类
只看见　那里的伤口
和为之哭泣的生命

纱布　依偎着伤口
把生命　尽力呵护
用雪白　明亮
花瓣一样的　温柔
哪怕面对　乌黑凝重的
武器们的　仇恨

纱布　其实是
是由棉线　和空气的线
以及　多么美好的线
织成格子的呢

镜　子

并非是　看见了镜子

而是看见了
映在镜子里的蓝天

飞过去　撞击
跌落的时候
它才看见了　镜子

那曾是　多么深邃的海啊
对于那　犹如沉没般
静静死去的　麻雀而言

大扫除的　人家
庭院里　摆出的镜子

橡皮擦

虽不是　自己写错的
却急急忙忙　擦掉

虽不是　自己说的谎
却急急忙忙　擦掉

虽不是　自己弄脏的污迹
却急急忙忙　擦掉

于是　每当擦掉什么
结果　自己变小了
消失　没有了
急急忙忙　急急忙忙地

只把　以为是正确的
只把　以为是真实的
只把　以为是美好的
如同自己的替身一般　留了下来

摁 钉

眼睛凑上来凝视绘画
凝视　凝视　一直不断地
凑上来　像是要把画看穿……

可是　固定着绘画的四个角的
任何一颗摁钉　都没有
眼睛去凝视它吗？虽然这无关紧要……

于是　摁钉们从容地摁进
杉木板墙的胸怀里　既不用眼睛也不用耳朵
用心　沉静地凝视着

一边为　夹杂着杉木林气息以及绿色和水声
在地底遥遥地闪耀着的　矿物们的
那令人怀念的气息　深深感动着

作者注：摁钉，即图钉，金属制。

抹 布

下雨天回到家
抹布就在玄关等着我
一副"抹布在此恭候"的
亲切模样
虽说它并不是自己乐意才变成抹布的

直到最近
它还是一副"衬衫在此恭候"的表情
被我穿在身上
体贴得　简直就像
我的皮肤一样
虽说它并不是自己乐意才变成衬衫的

或许　它原本
是在美洲或什么地方
在风吹日照中微笑着的棉花

不久后　它会不会
以一副"灰土在此"的模样变成灰土
以一副"虚无在此"的模样
消失得无影无踪呢

与我们之间的这些回忆一道
在它自己一无所知的时候

抹布啊!

榻榻米

墨水　洒在上面的时候
阿姨　着了慌
"哎呀呀　这地方
还有块　榻榻米呀……"

明明每天　踩踏着它
却仿佛好久不见似的
把榻榻米的脸
拼命地　擦拭着……

然后
渐渐生出一种　很难为情似的
恐惧似的感觉

身为榻榻米亲戚的
隔扇呀
拉门呀
天花板等等
感觉它们从刚才　就默不作声地
俯视着这一切……

书 页

正在读的人　觉察不到
但书页　被翻过的时候
因一缕微风
会在瞬间
醒来并观看

看心中的故乡
那无法再次　回归的森林
看风中轻摇的　绿色树丛
看那以"树立"的姿态　闪耀着的
书页们自己的　身姿

当人们　阅读一本两百页的书时
书页将　观看一百次

并非是用"书页自己的眼睛"
而是用不知为何　已是仅有的
"书页们自己的眼睛"去看
与自己无关的事一般……

灰 尘

归来吧　归来吧
故乡的声音
一刻不停地催促
但谁也不想回
讶异着　张望着
归去　归去
那些　渺小的　微弱的东西

家中到处
因家人的走动　从家具
从被褥　从手帕　从报纸
还有工具　以及行李等　所有东西上
升起　飞扬

不论隔壁邻居　还是对面人家
这整个城市　整个日本
整个世界　不论在哪里
朝着　遥远的地球中心
沿着一条路　笔直地
急匆匆　静悄悄

然而去路　立刻被阻挡了
向着门框上　橱柜上

灯罩上　窗框上
源源不断地　堆积起来
就那样　大家一起悄悄地
在小小的胸中　一同伤怀

归来吧　归来吧
向那渐渐高涨的
故乡的声音……
向今后那
望不见尽头的　路途……

鞋拔子

将毫不引人注目的
善意
一直　一直
保持着
于是
就变成了　如此平和的
面容吗

每当看见
鞋拔子
像是很羞涩地
闪着光
连我也跟着
羞涩起来

盘子

个子矮矮的
宽宽地敞开着
只要盘子在
就会变得敞亮
仿佛
天空降了下来……
即便是　狭窄的地方
也显得　宽敞开阔
能望见　多远的地方呢
盘子
一副惬意的模样
不知不觉间
它让
筷子　饭碗
茶杯　全都显得
很开心似的

茶 杯

不论是装了苦涩的茶
还是装了滚烫的热水
还是被不小心掉地上
或是被扔在一旁
它都满不在乎地舒坦着

说起来茶杯嘛
就是小小的土疙瘩　如同
地球其实是巨大的土疙瘩
里面装的若不是空气的话
就是水之类的物体
这么说来跟地球也差不多少

不管人们给它取什么名字
茶杯就是茶杯而不是别的
或许是地球的最小的
亲属呢　但不必着慌
也不必兴奋嘛　就在这宽广的
天地之中优哉游哉的吧

擅自　与物同在

人成为人以来　一直
与物同在　不如说是
擅自制造了物
擅自与它们在一起
擅自从中不断地获取安乐

至少应该得到它们的许可
然后再一起……　之类
只是想是这么想的
人却不曾停止获取

直到　各自在某一天
无一例外地
变回物的
那一天那一刻到来

辑七　叶子与轮廓

《孔子庙》的拟声词

我生来患有低血压，无法阅读大部头的书，就连年轻时曾单方面当作老师来仰慕的白秋的童谣也没能认真读过，仔细读过的也几乎忘光了。但只有两首白秋童谣除外（作为歌曲记得的另当别论），即发表在昭和十年一月号的《儿童之国》上的《莺声石板》和发表于同一刊物三月号的《孔子庙》。

我在上述《儿童之国》上邂逅了这两篇童谣，被其中驱使的绝妙的拟声词深深打动。那种兴奋，甚至让我禁不住立刻仿效，自己尝试创作了运用拟声词的童谣。

两首之中的《莺声石板》简直就像通篇用拟声词写成一般，是一首因拟声词而闪光的童谣。通过拟声词的音韵和节奏，展现了一个清澈透明的世界。与之相比，《孔子庙》的拟声词集中在末尾部分，并不显眼，但那些拟声词也让我为之震颤。

且将之记录于此。要将五十多年前的感动的内容直接套在现在的我身上当然是不可能的，但还是把《孔子庙》抄录下来吧。文本取自HORUPU出版社（ほるぷ出版）的《日本儿童文学大系》第七卷《北原白秋》（藤田圭雄编）。

孔子庙

红大门彩色瓦，

这是台南，孔子庙，

雨落下，雨溅起。

　　咚，咚，呼，（ten,ten,pin,[1]）

　　啾唔，嘭。（tyau,pon）

红柱子尖屋檐，

不见人来，正午过，

雨落下，雨溅起。

　　咚，咚，呼，（ten,ten,pin,）

　　啾唔，嘭。（tyau,pon）

红门扉石板路，

来读书吧，玩耍吧。

雨落下，雨溅起。

　　咚，咚，呼，（ten,ten,pin,）

　　啾唔，嘭。（tyau,pon）

红旗帜笛琴声，

那是库房，藏宝物。

---

[1] ten,ten,pin：原文拟声词的读音。后同。

雨落下，雨溅起。
　　咚，咚，呼，（ten,ten,pin,）
　　啾唔，嘭。（tyau,pon）

红衣裳绸缎鞋
别哭别哭，快睡吧，
雨落下，雨溅起。
　　咚，咚，呼，（ten,ten,pin,）
　　啾唔，嘭。（tyau,pon）

　　如上所记，这篇童谣由五小节各五行构成，五行之中末尾的两行是各小节同样的拟声词。而正文的前三行当中，第一行皆以"红"这个词开始，第三行都是一句"雨落下，雨溅起"，只有第二行是每个小节各不相同，歌咏着这里是台南孔子庙、不见人影、正午过后、仅有几个来玩耍的孩子等情景。

　　如此看来，这篇童谣所描述的世界，是在连绵不绝的雨中，呈现着一片红色的孔子庙。那是因下个不停的雨而显得雨越发寂静、不见人来参拜的、正午过后的孔子庙。以这样的孔子庙为舞台，不断奏响的是各小节末尾的拟声词"ten,ten,pin, / tyau,pon"。

　　当然，这并非拟声词的表现，而是雨的表现，最为精彩的是通过拟声词的重复而得以将雨的表演逼真地体现出来。我感觉，这是堂皇地包容了异国情调的自然法则本身的视觉化和听觉化。

　　我想，这些拟声词并非现成的词语，应该是白秋的独创词。这世上哪里也寻不见"tyau"这样的词,"ten""pin""pon"等也不是拥有同样声音的现成词语的活用,而全都是从白秋那写生的眼光中诞生的、新发现的明晰精致的拟声词,并且是来自上天的灵感将之作为素材,才成就了如此音韵美妙的两行结晶吧。

在此且尝试回溯这些让曾经年少的我为之震颤的拟声词的真实感。首先是"ten,ten",这是雨点或雨滴那样的水滴落下,到达被雨打湿的石板或屋瓦上的声音和形态。绝对不会是豆粒或弹子球那样的固体的坠落,也不会是落在水池表面或绒毯表面,并且这坠落到达在视觉上和听觉上都很不明显微乎其微,但因其速度,在一瞬间甚至有风吹过之感。"pin"是到达的雨点不容间发地弹起并四溅的声音及形态。第三行的"雨落下,雨溅起"中的"溅起"描述的就是这情景。印象深刻的是这"pin"是闪亮的,是一片红色的世界中瞬间的闪光。

其次的"tyau"自然不是"tyou"[1],而是"tya·u"(我愿把"tya"稍稍拖长些,读作近似"tya—u"的发音,这样更有感觉,并擅自想象,白秋先生亲自发音的话说不定也是这样的)。这是在含有水分或积了水的石板或瓦片表面,半圆形水泡冒出时的声音和形态,就像一个耀眼地映照出周围红色的、倒扣的漆碗那样。

那水泡在须臾间破裂并飞散的声音和形态就是"pon"。与"pin"同样,是一瞬间的发光。刚才的"雨溅起"说的也是这情形。相对于水泡的破裂,"pon"的声响过

---

[1] 日语中 tya 和 u 连读可变化为 tyou。

于夸张了，但考虑到这同时也是表演的完结，为的是凸显终曲的话，可说是贴切而完美的。

就这样，在红红的神奇国度里，雨点小人儿"tenten"落下，又"pin"弹起，"tyau"鼓起，"pon"飞溅的表演反反复复，绵绵不绝地持续着，就连年已老迈的我，也满怀了问一声"为何"的遐想。

——《白秋全集》第三十二卷月报二十七

（1987年3月）

一个音的名字

一个　音的名字
散落在　身体各处
像星星那样　温柔地
　yǎn……明澈
　chǐ……微笑
　shǒu……召唤远方
　fà……成千上万
　xuè……流淌不息

一个　音的名字
也散播在　景色之中
犹如回忆　散落处处
　shù……绿意盎然
　tián……宽阔无边
　xī……琴声叮咚
　yě……承载山峦
　dēng……光芒闪耀

"豆"

把豆叫作"dòu"
这贴切的名字
是谁取的呢

清清爽爽
饱满结实
只能说非常气派
取名的　应该不是人类吧？
简直不禁要这么想

其实　它一定是周围的
小鸟呀野兽呀　树呀草呀
雨呀风呀　还包括季节
和人类　齐心协力
用了很长很长时间
打磨出来的名字

cǎo dòu
téng dòu
dāo dòu
lí dòu[1]

---

1 lí dòu：即狸豆。豆科一年生草本植物。夏秋两季开紫色蝶形花。

哎呀　真好!

bái dòu
hēi dòu
hóng dòu
huā dòu
越发　好了!

叶子与轮廓

水灵灵的
叶子的轮廓当中　是叶子

清朗朗的
空气的轮廓当中　是叶子

新灿灿的
宇宙的轮廓当中　是叶子

庄严的
时间的轮廓当中　是叶子

然后　从可爱的
叶子的轮廓　外边
是"叶子"　这人类的词语

是先有鸡蛋吗

是先有鸡蛋吗
是先有小鸡吗
与其讲道理
不如说清楚
是鸡蛋
是小鸡

是猫
是蚯蚓
是松树
是天空
是大地
是人

先有的　是物
是老早的　先辈
不论什么时候
都先于　我们的大道理

哼手子铃 [1]

"哼手子铃"是
带着"哼手子"的宝贵铃铛
为了比其他　格外显眼

"哼手子"是
"哼手"的　独生子
生来　古板又笨拙

"哼手"是
"哼"唯一拥有的一只手
既当脚　又当尾巴的手

"哼"大概是
被拿掉了把手的"嗯哼"
也许是做手术
截掉了"唧"的
"哼唧"

所以,那又怎样?
啊不,也没什么

1　哼手子铃:俗语,古怪奇特之意,日语也写作"変梃りん"、音hentekorin。"哼手子铃"是译者为配合诗人的文字游戏的自造语。

美丽的词语

开心地　挂在嘴边
——朋友
这个　美丽的词语

对不是朋友的人
就假装不认识吧
以这样的　含义而言……

感激地　互相念叨着
——亲人
这个　令人感激的词语

对毫不相关的外人
就随他去吧
以这样的　含义而言……

嘴 巴

没说的话
差不多　总是
说出的话的
很多倍

并且
说出的话
差不多　总是
没必要说的话

那么　嘴巴
还算得上　嘴巴吗
像这样
只有发牢骚时
才像是嘴巴的　嘴巴

有木的字们

木是　静悄悄　一个人
林是　亲密的　两个人
森是　和睦的　三个人
森林是　一群人　看似吵吵嚷嚷
其实悄无声响

辑八　太好啦

食 鱼

或许因为我独身，一天之中，吃饭的时候最寂寞。说是寂寞呢，似乎又像是一种微妙的无名伤感。想着"又到了今天的吃饭时间啊"，或者说很像上了年纪之后，每当迎来正月时都会感觉到的那种寂寞。于是一日三餐成了我一天的生活中内省的重点。我因职业的关系（别看我这样，也算是个土木工程人员[1]），整日奔走于田野之间，被尘土、空气和阳光所围绕，过着近乎忙乱的生活，只有三顿饭是悠然享用的。而我甚至觉得一味细嚼慢咽的咀嚼，与其说是在用餐，倒不如说是在与大自然一同、与看不见的真理一同呼吸着。有时也会在不知不觉间踏上沉思的旅途。尤其是晚饭的时候，独自面对四方形的饭桌，默默地动着筷子时，我恍然觉得被周围的橱柜呀，盘子呀，以及盘子里红色的胡萝卜等等凝视着一般，甚至感到一种漠然的歉疚。又好似单单自己是毛色不同的生物，不由生出一种被当成了异己分子般的失落感，或是一种对象不明的负疚。这样想来，每当吃饭

---

[1] 作者1929年毕业于日本殖民统治下的台北工业学校土木科，此时正从事台北至高雄的纵贯公路的修建工作。

时，对成行成排包围着我的这些熟客，不禁想说句什么，如同九官鸟[1]说"你好"的方式，有时只是咬字含糊地说声"你好"，但这时它们是尽全身之力来倾听，拼命努力着想要理解我的话语。所以我的"你好"一下子就被吸收了，就像被吸水纸吸干了水分之后那样，空留一片寂静，让人感觉越发寂寞起来。

另外，还有一个在读者面前稍显失礼的想法，对这无精打采地吃着煮菜的可悲的自己，我简直不忍直视，心想"身为一个男人，占世界人口一半的女人当中，若有哪一个来到这里，哪怕为我盛上一碗，也绝对算不上非分之想吧——"诸如此类，有时也会有悲从中来之感。

总之，每当吃饭的时候，我就会想要探寻那被忘却在某处的我。

我赤裸了身体凝视，赤裸了身体思考，为成为真实的我而寂寞，为成为真实的我而快乐。对于菜肴之类，并非只是单纯地张嘴将每一种吃下，而是沉浸在鱼有鱼的、洋葱有洋葱的，各自独有的感受之中，并在各自独有的心绪中嬉戏。

然而接下来，我将记述在"食鱼"的时候的感受以及想法等等，之前所述的那些似乎是过于饶舌了。但如果我不这样做一番饶舌之谈的话，下文我将要写下的真实对于读者也许就等于是让他们听痴人说梦一般。也就是说，也许因为我的感想如此地脱离常规，故而在缓解的意义上，尝试做出一些注释和辩解。

---

[1] 九官鸟：即鹩哥，是雀形目椋鸟科的鸣禽。体形较大，善鸣，叫声响亮清晰，能模仿和发出多种有旋律的音调。

而鱼也有各色各样的。价格适中的加吉鱼或金线鱼等，整条煮或烤来吃，把金枪鱼或旗鱼等的巨大躯体切成适当的大小后做成一道菜来吃，那心情大不相同。将三块鱼或银鱼等小鱼像煮豆子那样许多一起熬煮，那感觉又大不一样。鱼生、咸烹、盐腌、酒糟腌、鱼干等，也都各有各的趣味。

这些感觉当然也被各种鱼的滋味和口感所左右，但更多的还是由入口之前的视觉或嗅觉引发的，而我那细碎的思维又将它们没完没了地延展开来。所以尽管滋味各不相同，如果同样是整条烹煮的加吉鱼和白姑鱼的话，我几乎是以同样的心情吃下。盐烤的话即便同样是加吉鱼，那被切成几块再烤熟的，一吃起来，与吃那整条烤熟的相比，所酿成的氛围却有着相当的差距。

不过，要说最令人沮丧的，是那从嘴巴到背鳍、胸鳍、腹鳍、臀鳍、尾鳍都完全具备的烤全鱼。尤其是那古代希腊雕塑般瞪着没有瞳仁的白眼睛的鱼。其中有的嘴边和肚皮上还带着盐的块，鱼鳍的顶端颜色焦黄，微微向上翘起。这样的鱼可说是它身为一条鱼的最后的姿形，看上去有种不明所以的美，是"总算完结了此生"的那种如水般的平静、有如被小小的花环装点着的美。每当看着它，仿佛自己最后保证也会受到谁的祝福一般，不禁感念不已。这时虽然并非没有"杀鱼太残忍"或是"人要活下去就不得不做这等残忍之事"等这些来自人类伦理观的苦闷，但是杀害者也是被杀害者，都是背负着生者必灭的罪孽的生物。如此情境之下，只感觉鱼和自己已祥和地合而为一，不是在吃，而是在互相安慰一般。那一次次将鱼肉剥离，送入口中的举动，也莫名地生出一种帮孩子脱下衣服时的爱怜之情，就连我也随着轻柔的每一筷，仿佛被那带有乳臭的肌肤的气息和温馨拍打着面颊一般。尤其是如同孩童的"那个"似的，让人不禁想偷窥一眼的是，那从出现之时起就不曾见过天日的、命中注定是苍白枯瘦的骨骼，并且如这骨骼般拥有着深刻而寂寥的东西实在是少之又少。

常看见世间的漫画家把鱼骨极其随意地画成"丰"字的形状，让猫或狗叼在口中，而实际上在吃完饭之后，被孤零零留在盘子里的，的确是"丰"字。那是无数的横轴和一根纵轴，可谓体现着鱼之历史的丰姿，甚至让人不禁为之痛惜。无数的横轴，让这些鱼最终有了花一般的美，使那莫名的伤感越发深重了。

人在接触物体的形状时，总会有一个事先的预想或期望，因这期望被肯定或否定，人的感情便会发生各种各样的颤动（我是这么认为的）。并且，被当作所有艺术之对象的所谓审美意识，不就是这种情感的动摇吗？这一点只要观察孩童就能明了。例如孩子看见新月，就会说"月亮缺了一块"。

也就是说，孩子预想着"圆圆的"月亮（即便这是因为他曾经见过满月，但关键在于他以为满月才是月亮本来应有的形状），就这样人类对弧形的物体期望完整的圆形，对线条或有限曲线等会分别期望无限的支线或无限的曲线等，而对有限的面积则是无意识地期望着无限的面积。所以线条式的烟囱顶部会有一种难以名状的寂寥，对一切有局限的物体的形状，都会有情感的喘息。

并且，这不仅是关于这些物体形状，也适用于有关宇宙、人生的所有现象。我想，俳谐中所谓的"寂"的世界，其要素的大部分一定就是这"想要无限生存的人对有限的人生的有意无意的心灵的震颤"。话再说回来，在这鱼骨的横轴与横轴之间，在我所谓的预想之中自然应该是连接着的，这里当然也有萧瑟的情感之波的律动。所以会觉得纵轴如同赤裸了身体一般羞涩，而一根根横轴更是纷纷离散了才好。面对这景象，我只能像一个褴褛的乞丐挠着自己乱糟糟的头发那样不知所措。而对此似乎毫不在乎，我的胃里俨然是那些告别了鱼骨，正铿锵有声地还原为新的力量的鱼肉。所以，也并不能断言我的这些感伤的细枝末节之中，全然没有那些鱼肉的再生。我这样胡思乱想着，对盘中的"丰"字，如对遥远的骨肉亲情那般寄予了乡愁。

并且，因为煮鱼比烤鱼明显更湿润，这如果不是烤鱼而是煮鱼的话，就更加让人回想起本应湿润的鱼的生前。

总感觉那是"活着的鱼的睡相"，它说不定会睁开眼说道："让我回大海。"

因此烤鱼有尘埃落定之感，煮鱼似乎来日方长。

如果把前者比作完全干枯的树叶的话，后者就像是微微开始泛红的树叶。

前者唯有稳固的现时的安稳，后者却怀有对过往的留恋和对未来的不安。

因此，看着煮鱼，不由得会沉浸在深切的哀伤之中。盘子里微小的那么点儿湿漉漉的面积中，仿佛凝结了那鱼的悲哀。湿漉漉，但至少包含着润泽。

然而鱼是湿的这个事实对我而言，在另一个意义上又有着巨大魅力。就像我们虽然完全未曾意识到，但我们口袋里必定装着空气一般，对那些鱼而言，身体的每个角落，哪怕是一片即将脱落的鱼鳞之间，甚至一点点擦伤的凹痕里，一定都装满了水。我们人类甚至在洗脸的时候，也非要把脸上的水擦干不可，所以人不论怎样在水中遨游，终究也不能像鱼那样深刻地懂得水。

如果非要去做，结果只会在实现之前溺亡吧。鱼在水中的生活感，那是一个绝对无法理解的世界。我一边看着盘中濡湿的鱼，一边享受着对那方世界的恣意空想。

另外，同样是烹煮的鱼，其中有容易离骨和并非如此的种类。极易离骨的，会随着每一筷，以脊椎骨为中心，将几何学式的美在盘中展开，如同在观赏一幅超现实主义的绘画，有时觉得自己的身体几乎被那水晶质一般不可捉摸的魂魄迷惑了。

然后是金枪鱼这类不知属于哪个部分的一片鱼肉。思绪首先从这片鱼肉原本属于什么样的鱼这个问题展开。我一边想象这条鱼在海底从出生到今日的许多个春秋，一边把如年轮般中规中矩卷合着的肉一片片解开，有时会在其中意外发现小小的洞眼。那里或许是这条鱼自己也不曾知道的什么寄生虫栖居的痕迹，也可能是来自外部的伤痕。我于是想象在它受伤的那一天，我自己在哪里、在做什么。

又试想有一条就在此时在某处海底正与天敌格斗的

鱼。几年过后，那条鱼出现在我的盘中，在我眼前展露那悲惨的伤痕也说不定。

再将想象的翅膀伸展至极限。那就是将一部分身躯置于我今宵的餐桌之上的那条鱼，究竟被切成了几段分别在哪里被端上了多少人的餐桌呢？

且又想象，如果这些人全都停止吃鱼，将各自的那块鱼肉带来汇聚一堂，正如小孩的积木游戏那样，头归头，肚子归肚子，尾鳍归尾鳍，就这样，还原为原先的一条金枪鱼，那又将会是怎样的呢？

如此想来，我已经不是在吃金枪鱼，而是像獏[1]那样在吃梦。要说这很无聊也罢，但对我自己而言却是真实且乐此不疲的。

海鳗虽比金枪鱼小很多，但也注定被开膛破肚，切作几段串烤。

用筷头把海鳗那渗透了酱油糖稀色的内侧和闪着绿黑光泽的外侧翻来覆去地翻看，心想到底哪面是里侧，哪面是外侧，不由得为之悲哀。但更为悲哀的是，由那极其扁宽的串烧，会不知不觉地去联想那如轮胎般鼓胀浑圆的海鳗。我不禁想为它申明，虽然形状四方，却并非油炸豆腐或魔芋豆腐，而仍然是海鳗。

最令我深感残忍的是杂烩小鱼，也谈不上有头或有眼珠，只管一次往嘴里放入两三条咔哧咔哧地嚼碎。我意识到在我的牙齿之间，嘎吱声中倒塌的骨头、支柱、隔墙以及粉碎飞散的脑浆。我惊恐地怀疑自己也许是个

---

[1] 獏：传说中，以梦为食的动物。

骇人的怪物。

并且在这些骨头和肉片当中,有的也会顽强地试图进行小小的复仇。我口腔的内壁因此不时地感觉到一点点刺痛,而越发令我感到悲哀不已。那样的日子里,饭后读报的时候,我每每会用闲着的舌头寻找夹在牙齿之间的碎骨或鳞片。一旦找到,将它拈出,不禁又重生一丝寂寞。映照在灯下,手掌上放着的,是一块不知如何处置的骨片。若要一扔了之,那仿佛确确实实曾被谁嘱咐"不久便来领取,请暂且代为保管"的记忆又复苏而来。

同样是小鱼,咸烹之类的做法就没有这样的感觉。有时恍惚间甚至意识不到自己正在吃鱼。

本来在吃鱼的时候,不论谁都会被包裹在鱼散发的香气之中。如沙丁鱼之类,当对面人家烤制时,那气味也会飘散过来。除此之外,不论什么鱼,那香气至少会弥漫在餐桌周围,置身其中才会有正在吃鱼的切实感受。而咸烹几乎不会给人这样的感觉,也因为那形状和色调与本来的鱼已是大相径庭。

但是,将它放入口中长时间咀嚼,又觉得毕竟是鱼。普通的鱼吃下之后,口中会残留稍许青涩的香气,那种程度的香气如同遥远的记忆,若有若无地触动着嗅觉。所以吃咸烹时特别的喜悦之一即维系在这种对失去的鱼的特性的追忆之上。

且就气味论之,可以说没有什么可以胜过清汤。以常识而言,清汤的美味,在讲究味道浓淡的同时,必须体现于气味和温度。若是普通的烤鱼,不会有不捏着鼻子就吃不下的情形，喝清汤时，如果捏着鼻子则无法享受清汤的美味。清汤的妙处必定在于那香溢满口、沁人心脾，将食用者融融笼罩的香气。

有时那香气恰好刺激了我们的嗅觉，在食后留下长长的余韵。而那余韵正是鱼所能竭尽的一点意志，甚至是鱼悲哀的辩解。

与咸烹类似的有鱼干。鱼干不论种类都越嚼越有味道。默默咀嚼时，正如一边吃鱼生一边回想起海浪的气息和海草的摇曳那般，仿佛闻见太阳、海风等的味道，嚼着嚼着，连海边渔夫们宁静而贫穷的生活，以及在那贫穷之中婴儿的抽泣也如在耳畔，不禁又感到喜悦。

从那贫穷的渔夫之手，来到这贫穷的我手中，宛如一张明信片翩然而至，这让我越发对它心生欢喜。并且它又是特地选而又选才来到我这里，这越发叫人怜爱不已。

与众不同的是炸鱼。将它盛在白色的陶瓷盘中，与番茄等蔬菜一同摆放着的是最新鲜的柠檬。所以饭桌上只要有一盘炸鱼，就会如点了电灯那般明亮，而且炸的鱼看上去是那么温暖且幸福。

台湾菜里的红烧鱼在这个意义上更应被称为豪华版。那是在油煎过的鱼上，浇注将作料等其他材料拌入的芡粉，简直极尽奢华。这道菜主要使用鲛鱇或鲡鱼来做，那奇特的身体横陈盘中，嘴巴大张着，周围是各种作料，犹如结队飞来的温婉可爱的蝴蝶，还有芡粉那犹如春霞般的半透明的质感，真的会令人想到鱼族的所罗门，甚至有难以下筷之感。

让人感觉像在尝药的是盐腌鱼子。盐腌的气味也算是比较清新的了，但口味太重，缺乏余韵，不禁会联想到市场角落里战战兢兢贪食下水的野狗，很是悲哀。

至于大马哈鱼子，那滋味没有显出过重的盐味，自身的味道依然鲜活，山茱萸般水灵灵的颗粒是那么艳丽，色调也十分现代且明朗。

加吉鱼子（通常所说的加吉鱼子是辣腌的）外形怪诞，那光滑的曲线和深红的色彩甚至是挑逗的。

总之，通常说来不论什么鱼子，看上去都非常可口，而实际上也一定是可口的。但我总是不能尽情享用鱼子。且不说鲱鱼子或乌鱼子这类经过加工后变得有些坚硬，虽然也觉得那形状像婴儿手臂一样的生鱼子很美味，却无法长时间地将之细细咀嚼。

最后要写的是鱼糕和竹笛鱼卷。虽然有人会说："鱼糕什么的，是吃不到鱼的偏僻之地用来代替鱼的。"但是我喜欢鱼糕。鱼糕没有眼睛也没有嘴，更没有鱼鳍，也不会有意愿或呼吸等等。那不过是在木板上隆起的小小的一块布丁而已。

用刀将之切成薄片，它们那么透明，不管怎么切都是同样的断面。那身体早已没有开始也没有结束，切下的一片完全就是一片薄饼。

"一片薄饼"，那是在人类的牙齿与牙齿之间，如节祭华丽终结时那般，更深远更广阔的静谧风貌。那才是鱼糕的风貌。但我想说的，其实是下面的话。

用筷子夹起一片，稍稍蘸一点酱油放进嘴里时，那香气、那滋味，清晰体现着鱼的存在。比起活在眼前的鱼，显得更明确，更纯粹，且更加印象深刻。

这就像从鱼身上把最不典型的分子除去，而只出示最典型的那部分一样，这让我感到惊讶。我甚至意识到鱼在我心脏中因共鸣而轻盈跃起。那随处可见的鱼，从眼睛到鱼鳞再到尾鳍等等陈词滥调般在声明"这是鱼"，有种把不适宜鱼的东西非要强加在鱼身上一般的悲哀。反正这只可能是一个佐证，证明所含鱼性是贫瘠的。而鱼糕的情况正好相反。首先它身上完全没有诸如"这是鱼"之类的烦琐说明。而吃进嘴里时，俨然就是鱼。

我的嘴巴咀嚼的时候，那鱼仿佛会消失于远方一般游走着，又在近处翻卷着泡沫活泼游动。它轻盈穿行在海带的丛林，又停在昏暗的岩石背后休憩。

也就是说鱼糕中鱼是活着的。它与我的想象一同，自由遨游在深海里。若是盘中的一条有模有样的鱼，它就会被那样貌所限制，就只能是那盘中的一条鱼而别无其他可能。而鱼糕却丝毫没有这样的限制。

我总想，我写下的那些贫瘠的诗如果能像这鱼糕一样就好了。总之我喜欢鱼糕。在鱼糕之中，有一条恰似我这般愚钝，被鱼群疏离，可怜又孤单的鱼。在鱼糕中的深深海底，围绕着好不容易才照射进来的阳光，淘气的小鱼儿们也在游玩着。

与鱼糕同样，我也喜欢竹笛鱼卷。竹笛鱼卷比鱼糕更富有朝气。虽然不似鱼糕那般稳重，却也美丽温柔。简直想停止食用，像戴指环那样把它套在手指上。

没完没了絮絮叨叨地写了这么多。既然以"食鱼"为题，有名的河豚呀，鳎鱼片呀，鲨鱼翅等等也应当尽一番心意才对。另外,写吃食却完全不提及味道,不管怎么说都太离谱了。而关于酒糟腌鱼、罐头鱼、攥寿司等等,人类餐桌上一切鱼的形态,是怎么写都写不尽的。那就期待下次机会,且搁下这支钝笔吧。

——《*动物文学*》第十九辑

(1936年7月)

春 霞

一大片　轻轻柔柔的春霞
我漂浮在　大海正中央
悠悠荡荡地　玩耍着

是出生前的事吗
是死去后的事吗
虽不知　是哪一种情形
但很清楚　是其中一种

很清楚　是哪一种情形
但为何清楚
却不知为何　不太清楚

一大片　轻轻柔柔的春霞
我横卧在　天空正中
哼唱着　瞎编的歌儿

水在歌唱

水　一边歌唱
一边驱动着　河流

歌唱成为海那天的　浩瀚
歌唱曾是海那天的　浩瀚

歌唱成为云那天的　悠悠
歌唱曾是云那天的　悠悠

歌唱成为雨那天的　潺潺
歌唱曾是雨那天的　潺潺

歌唱成为虹那天的　呀、嚯——
歌唱曾是虹那天的　呀、嚯——

歌唱成为雪或冰那天的　纷纷扬扬
歌唱曾是雪或冰那天的　纷纷扬扬

水　一边歌唱
一边驱动着　河流

歌唱身为河流此刻的　滔滔
歌唱身为水的自身的　永远

喔喔喔

天空　把睡衣
脱下来　扔掉

太阳　光溜溜的
跳了起来

公鸡　光着脚丫
跑了出去

喔喔喔——

镜 子

这地球上面
到处放着
海呀
河呀
湖水等等
各种各样美丽的镜子

那简直　就像这世上
没有比说是　放在那里……
更加贴切的话似的

那难道是　只为我们
生物而存在的吗
山呀
云呀
还有太阳
甚至星星们
难道不是
因为它们想看看自己的脸吗

团 栗[1]

团栗掉进水里时
好像　从那团栗中
生出了　波浪的辙痕
朝着四面八方
一溜儿地　奔跑开去

然后　一波接一波地抵达岸边
一波接一波地　消失
但在消失前的　瞬间
没有哪朵浪花是不回头的
向那遥远的　一个点　团栗……

突然　被当成了故乡
团栗
好像很心虚　好像很羞涩
但还是　拼命地
就那样　漂浮在那里

想着说不定
会有浪花　再跑回来……

---

[1] 团栗：橡栗等壳斗科植物的坚果在日文中统称为团栗。

山谷回声[1]

喂——
的一声
呼唤时
一晃眼
看见又消失的
回声的
模样

天空
和我
像守着一个秘密
静谧
无声

---

[1] 山谷回声:古代传说中,山谷回声是山神的回应。

朝 露

大家　都还
在深深的
睡眠之中

清晨
悄无声息地
合上双手
向　就在此刻
终于光临的
太阳

啊！
手上那数珠的
光芒！

今天也是好天气

种花
给花捉虫

养猫
给猫喂鱼

养育 A 的生命
就要夺取 B 的生命吗

为给这衰老不堪的
C 的生命以安慰

今天也是好天气
今天也是好天气

太好啦

太好啦　草呀树呀
守候在　我们周围
醒目的　绿色叶子
本身就代表了美的　花儿
芳香的果实

太好了　草呀树呀
几亿　几兆
越发数不尽地　守候着
不论哪一株哪一棵
全都　各自不同

太好啦　草呀树呀
不论什么地方　都守候着
鸟儿呀　野兽呀　虫儿呀　以及人
不论是谁来访
都一动不动地　守候着

啊　太好啦　草和树总是
被雨冲刷
被风擦拭
在太阳下闪耀着　亮晶晶的

辑九　如此确定地

毛手毛脚爱面子

有一首共分两节的拙作童谣，名为《山羊的信》：

　　白山羊　发出的信　寄到了
　　黑山羊　读也不读　吃掉了
　　没办法　只好写了　一封信
　　——刚才的　那封信
　　　说的是　啥事呀

这是第一节，第二节只是把第一行的白山羊换成黑山羊，再把第二行的黑山羊换成白山羊，也就是说，这首童谣写的是黑白两只山羊之间没有穷尽的书信往来。

发表之后，我又将末行的"刚才的那封信"（さっきのてがみの）改成了"刚才的您的信"（さっきのおてがみ）。因为考虑到，第一行和第三行都是"您的信"（おてがみ），末尾却变改成了"那封信"（てがみ）就很不自然，更不用说这指的是对方的信。

可是后来我又注意到，末行是冒冒失失把来信吃掉的糊涂山羊的发言，语法也有点糊涂才贴切。总之，又想把作品恢复原状。

在名为《好风景》的小诗集中，有一首《蜻蜓》，开头部分有如下两行。

> 蜻蜓　蹭蹭走路的样子
> 我不曾见过

在这里，我想说的是"我没见过蜻蜓走路"，但是从上面两行中，也不是不能理解为"蜻蜓虽然能走路，但是没见过它蹭蹭走路的样子"的意思。"蹭蹭走路"是个有力度的形容，并不是个能够联想到蜻蜓的贴切形容。

实际上，这"蹭蹭走路"是把最初的"悠闲迈步"在校正时改为了"蹭蹭走路"。理由是，同一诗集中一首名为《麻雀》的诗中，有如下两行：

> 麻雀它　真是个奇怪的家伙，
> 它绝对　不会悠闲迈步

也就是说，虽然明知会后悔，却出于虚荣避开了"悠闲迈步"的重复。

太过频繁的修改会给读者和出版社都造成麻烦，加上自己也觉得很害臊，所以近来常常不负责任地随它去了。与其说是毛手毛脚爱面子，倒不如说就像个没救的傻瓜。

——《教科通信》第二十四卷第十三号

（1987年5月）

第一颗星

傍晚第一颗星　出现了
像是
宇宙的眼睛

啊
宇宙
正看着我

苹　果

把一个苹果
放在这里

苹果的
这般大小
单这苹果
就装满了

一个苹果
在这里
除此之外
什么也没有

啊　在这里
有
和没有
光芒闪耀般
正正好

数 字

数字　从1开始
会一直地　持续下去吧
想要确认　是因为
无论谁　都无法确认吗

我觉得　数字
仿佛是自己
数着自己
在宇宙　初始的那天
从1开始数起
现在　仍在继续
今后　依然继续

在　空无一人的
在　空无一物的
宇宙正中　坐着

月 光

在月光之中
触摸着月光
洗完澡之后
我洁净的手

在与宇宙
如此接近的此处
来把月光触摸

触摸宇宙
那么遥远的彼处
与看不见的　未知的大手
合在一起

在月光之中
触摸着月光
被月光触摸着

光

因为　用手一遮挡
地面就变暗了　所以知道
在这里　像这样
太阳的光　正流淌下来

被存在于此的
所有事物　央求着
从一亿五千万公里之外
像河水般　无止无休
不断地　不断地　不断地……

然而　河水一旦被遮挡就会漫延
激烈地　要把遮挡物冲走
而光很温顺
在遮挡它的我的手掌上
小鸡崽似的　团成一团……

啊　该怎么形容呢
所谓　太阳的光
消除了　地球的夜
仿佛不存在的样子　在这里
这白昼的
无限广袤的
温柔啊！

如此确定地

这里　是宇宙的哪一带呢
现在　是时间的哪一段呢

矿物们　无尽豁达
植物们　无限鲜嫩
动物们　永远诚实
这数不尽的耀眼的物物物之中
我们　一小撮人类

恋人们　美好
父母们　慈爱
朋友都　值得信赖
食物们　全都可口
让人跃跃欲试的美好
堆积如山
得以生存着！

仿佛　靠自己活着一般
竟如此确定地！

辑十 怪不好意思的

远近法[1] 的诗

记得在幼年时曾多次看过胡子拉碴的钟馗独自站立的图画。那是一幅印在长约二十厘米，宽约十二厘米的药品（樟脑？）外盒上的墨色图样。那药品放在一间类似于杂货店的货架上，作为一件商品摆在那里。当然，知道那是钟馗是后来的事，当时大约以为是某种鬼怪吧。每当经过那家店前，我总是忍不住把脸贴在店面的玻璃窗上，盯着那幅画看个不停。

也许有出于对可怕之物的好奇心，但深深吸引我的还有着别的理由。因为那药盒上的画里，钟馗左手或右手（很可能是右手）拿着的，虽小但毫无疑问就是那个药品盒子。也就是说，钟馗手里拿着的那个小小的药盒上也画着小小的钟馗，那小小的钟馗手里拿着的是小到眼睛几乎看不见的药盒。就这样，那眼睛看不见的药盒上，应该还有更难看见的钟馗，拿着更加难以看见的药盒。

若是能去到跟前，就能看清楚，虽然这么想，极度

---
[1] 远近法：绘画中的透视画法。这里尤其是指远者小，近者大的视觉法则。

认生且年幼的我当然没那么机灵,能央求店里的人让我凑近去看。

但是不能去到近前的懊恼,在透过玻璃窗屏息凝视的过程中不知为何渐渐消散了。无须去到近前,我也能把那手拿药盒、向着远近法的零无限变小的钟馗的队列看得清清楚楚。一边看着,一边觉得看得太久会不堪忍受,但又不得不看,仿佛整个世界都安静下来,又仿佛胸口开始隐隐作痛一般,那情景非常奇特。

用现今流行的话来说,六十多年前,幼年的我是"为之迷醉"了,而我认为令我那般迷醉的是"诗"("美"),并且那"诗"近似于比利时超现实主义画家保罗·德尔沃的名作《回声》,或日本著名的雕刻家堀内正和的《盒子逐渐变空》等作品所拥有的"诗",也就是说,与作为现代成年人艺术家当作"诗"的东西完全是同质的。

我们的视觉在这个地球上,被"远则显小"这个宇宙法则支配着。也许太过极端,但我认为可以把这些视觉感较强的诗称为"远近法的诗"。犹如人们看见向着晚霞映照的地平线,依远近法排列的电线杆的行列时,不由自主地被打动了。即便感知的程度存在着个人的强弱之差,但不论大人或小孩都会有此反应。

我觉得应该说正是因为儿童时期有过为"远近法的诗"迷醉的经验,才会在成为感性迟钝的大人之后,依然对此拥有进一步感知的各种可能。

我在幼年时期,很喜欢看那些用肉眼勉强可以看见的细小之物和微弱之物。每当发现那样的东西,就想极力凑近去看,仿佛想要与那东西一同呼吸,为之着迷到简直深入肺腑的地步。有时是烟盒上精雕细刻的金灿灿龙背上那一片片细小的鳞片,有时是钻进黄瓜花的花粉里的小虫那轻颤的触角,有时是从熟透的果实咧开的口子里微微露头的木槿种子那在阳光下闪亮的细毛,若要一一回想的话,简直数不胜数。现在忽然想起,觉得这些记忆也可说是"远近法的诗"。

这种时候,面朝这些微小的事物,我感觉由这硕大且确实的自身,有一种难以抑制的同化意识般的意志在发生着作用。当然,这是无意识的。

说是无意识的,是因为我觉得,这种作为幼年期初始体验的"迷醉"中,不可能没有体现着人类祖先们在进化的过程中积蓄下来各种体验的影响。正因为这也是隔着遥不可及的时间的再度体验,所以才会"为之迷醉"吧。

不过,我之所以这么认为,是因为一星半点地听过一些知识,诸如我们害怕蛇是因为早在恐龙时代的祖先所承受的恐怖的留痕,或是受精的胚胎在长成胎儿之前会在数周内历经祖先所走过的漫长的进化过程等等。

但是人类在成为人类之前的动物时期的那些弱肉强食的日子里,他们眼中所看到的血腥景象之中,冲击感十足的远近法一定是屡见不鲜的吧。做这样的想象我觉得也未尝不可。

比如当自己不慎落入敌人手中,却只能眼睁睁看着亲人自顾自逃离的背影渐渐远去,那会是多么悲痛至极的远近法呢。而冲着已无处可逃的自己,那张牙舞爪凑上来的敌人的模样,一定是恐怖与绝望的远近法吧。当然,与此相反,欢欣的远近法也是随时随地可见的吧。

总之，我不禁要认为，大概就是在被"动态的"远近法反复磨砺的过程中，祖先们的心灵也对远近法拥有了特别的敏感吧。

而那些最为接近人类的祖先，遥看自身原本所在之地的时候，看见那显得微小又模糊的风景，这种"静态的"远近法会不会也打动了它们的心灵呢。

我通过如此思考，幼年时期因远近法而迷醉的感觉也仿佛有了着落。于是在总是看得见的事物的前方，与看得见的事物一模一样的看不见的事物，正无限变小并延伸着。并且，仿佛为了极尽这无限的延伸，宛如空间升华成了时间一般的静谧彻底掌控着全体。不过对于朝着这方而来，穿透了正在观望的我，并向我身后无限扩展而去的远近法，我似乎不太有感觉。但是，对掌控着全体的静谧，却有切肤般的感受，我想这应当是由于朝这方而来的远近法直接作用的结果。

把我幼年时期的"为之迷醉"的记忆加以探寻的话，可以回想起无数有关五感的各种记忆。无论其中哪一段，我认为都是"诗"。在这里，我只是试着回忆了视觉记忆中有关远近法的那些。那远近法相关的记忆，若是无论谁在幼年时期都曾"为之迷醉"的"天花板上的木纹"或"手指的指纹"等这类回忆的话，还能想起许多，多得不胜枚举，且就此罢休。

以上赘述虽支离破碎，我的想法是，经祖祖辈辈培养的我们对于远近法的感觉，因幼年时期的初始体验而复苏之后，如同作品《回声》或是如同《盒子逐渐变空》那样，不论以何种形式都将绽放出花朵。

而我最想说的是,孩子"为之迷醉的诗"与大人"为之迷醉的诗",在本质上并无不同。从而"给孩子的诗"和"给大人的诗"也不应当有本质上的不同。

——《儿童文学丛书 第一卷 语言·诗·孩子》

(1979)

屁很了不起

屁　很了不起

出来的时候
毕恭毕敬
发出问候

这问候……
既是"你好"
也是"再见"

用全世界
不论哪里　不论是谁
都能听懂的话语……

了不起
实在是了不起

礼 物

难怪　脚步如此轻快
刚才在电车里
不认识的人家的小宝宝
对我露出笑脸
好像看见我
就开心得不得了

我把那笑容
不觉间　拥在怀里
于是　脚下的夜路
仿佛被照亮了
我的脚步匆匆

在父亲离去的家中
孤单等待着的母亲
我只想把这礼物
赶快送到她面前

每当清晨来临

每当清晨来临　我跳下床
用并不是我造的
自来水洗脸
把并不是我造的
衣服穿上
把并不是我造的
米饭　大口大口地吃掉
然后　把并不是我造的
书或笔记本
装进　并不是我造的
双肩书包里
背在背上
然后　把并不是我造的
鞋子穿上
嗒咔嗒咔　走出家门
走在　并不是我造的
道路上
朝着　并不是我造的
学校走去
啊　究竟为了什么

为的是　等到长大成人
我也要　我也要
成为那　能够
创造的人

唱歌的时候

唱歌的时候
我把身体　脱下来扔掉

把身体　脱掉以后
就成了　一颗心

成为　一颗心
就能轻盈地　飞走

飞向　歌儿想去的地方
比歌儿　更早抵达

于是
当歌儿　随后赶来
我将温柔地　迎接它

入 眠

我身上
小小的　两扇窗户
静静地
放下帘幕

全世界
天空中、大海里和陆地上
所有一切的　生命
各自小小的　两扇窗户
静静地
放下帘幕

为的是
不论多么微小的
一个梦
都不会跟别的梦
混杂在一起

谎 言

话题的变换
越来越顺畅
越来越加快了速度
像电风扇那样
变得透明起来

在大家眼里
那人已经
耷拉着
红红的舌头
此外什么也看不见

大家不过是想
看场好戏　所以
一心一意　观望着

根

没有

就是现在　把这些草呀树呀
当作草
当作树
养育得欣欣向荣的
那关键之物的身姿

怎么会　没有呢
几乎无法觉察
它不动声色

就是这样的吗
从人类的视线中消失的
总是那关键紧要之物

小不点儿阿齐

拜拜　拜拜　挥着手
小不点儿阿齐　回去了

在妈妈怀里　得意地
一边露出笑脸
一边迎接笑脸
拜拜　拜拜　手舞足蹈着

就像很久以前的我
也曾被如此对待
此刻　全世界
正如任何一个　蹒跚学步的孩子
都被如此对待的那样

掰断了　偶人的脖子
捏碎了　奶油蛋糕
抓破了　隔扇、纸门
弄丢了　红色蜡笔

拜拜　拜拜　得意地
耀眼的明日　渐渐远去

音 乐

如果是神灵
就能看见吗

好想堵住耳朵
把音乐看在眼里

把眼睛也闭上　　就像要闻一闻花香
好想把脸蛋　贴近音乐

好想把它含在口中　　等待
等待它像果汁冰激凌那样融化开来

然后　　好想用脸蛋去摩挲
想被它　　拥在怀里

哈喇子

哈喇子
一个人　悄悄地
陪伴着
瞌睡
为了让瞌睡
安安稳稳

几乎是拼了命地
一边测量着
睡梦的
深度

葬 礼

鲜花　一大堆

门口的鞋　一大堆

佛灯　一大堆

焚香的烟雾　一大堆

奠仪　一大堆

唁电　一大堆

来客　一大堆

一大堆　一大堆

只有被冷落的　遗体

孤零零地

踏上了旅程

朝孤零零的前方

悄无声息地

凝望着……

白

就像那　只要是新生的事物
不论什么　都为之欣喜的神灵那样
画纸上　一片纯白　在等待
"来吧　来吧
快快　到我怀里来"

"红的　蓝的　黑的
圆的　方的　三角的
凹凸不平的　光滑的　粗糙的
不管来什么　都是好的
吓人一跳的　只管跳出来
笨手笨脚的　大摇大摆地来
稀奇古怪的　热烈欢迎你来"
声嘶力竭　呼唤着

不管出来什么　仿佛要抚慰它
把纯白的胸怀　宽广地展开
以纯白的白　等待着

妻 啊

希望你　别在这里
其实　也不是
没什么要紧事

不　希望你在这里
其实　也不是
有什么要紧事

不知　这里是哪里
也不知　你是谁
在这样的我的身边　在这里

不知　这里是哪里
也不知　这个我是谁
这样的你啊

如果愿望成真
愿永远之中　角落里
这一刻　如果

人类的风景

去坡道上的邮筒
投信回来的路上
与好像是兄弟俩的小学生擦肩而过
兄弟俩发出欢笑声
哥哥拼命地蹬着自行车踏板
上气不接下气
配合着弟弟小跑的速度
慢慢地骑行着"S"的字形……
回头看得出了神
感觉已经没有了遗憾
这才是住在地球上的
我们人类的风景……
地球真美啊

忽 然

这世界……
我忽然想到
我应当最后向它
道别的啊
但我立刻
笑了出来
不过是去　近邻的
那个世界
未免有些
太夸张了吧
呵呵
不过……
也是啊
呵

怪不好意思的

满九十八岁
当天的
这个我
九十八年来
一直过着　吃吃睡睡的
饭桶生活……
今天应当
对神灵
对佛祖
由衷地
献上
赔罪的
念诵
一切的一切
不这么做的话
怪不好意思的
就是的
不是吗
呃呵呵

辑十一　好风景

幼年迟日抄·II

上 坟

我和祖父两人一道去给祖母上坟。穿过树林般的墓碑,祖母的坟在最里头。那是个小小的绿色石块,仿佛一脚就能踹飞的、没有题字的石块。不禁想踹一脚的念头,这让我幼小的心也感到了寂寥。

我们像两只鹤,在墓前默默地做各自的事。祖父去丢弃枯萎的花,我则往竹筒里倒水。do、re、mi、fa、sol、la、si……有什么东西从土地下面向着高空中飞升而去,就像被扔在了这里似的,我侧耳倾听着。

所有的事情做完时,我们环望四周,裸露的石碑林立着,在那中间,只有我们穿着衣服。我们依偎着蹲下来,闭上眼合掌而拜。

过了很长时间,我感觉仿佛听到祖母在地下的棺材中,换姿势重坐的声音[1]。祖父低声祈祷的位置,在我耳朵上方,祈祷声一直持续着。我的后脖颈上,不知从什么时候起感受到阳光,但我还是一动不动地合掌直到祈祷结束。

---

[1] 旧时日本平民的土葬多采用坐式桶棺。

道哥儿

祖父叫我的时候,不是"道雄",而是温和地把我唤作"道哥儿"。不应声的话,他就单把"哥"去掉,连声直呼"道儿"。若是还不应答,就变成"道儿!",字面上虽没什么变化,但显然是怒气冲冲地大吼。

做针线活儿做得入了迷的时候(祖父擅长缝纫),他忽然像是想起了什么似的,忘了我不在家,立刻就会这样喊起来。

所以当我的朋友们跟我吵架的时候,就会把这当作武器,大喊"道哥儿,道儿、道儿!",顿时就能让我败下阵来。

关于彼岸花等等

彼岸花在通往山寺的路上沐浴着阳光盛开。

提着包袱皮之类,我独自走过,与其说是一边看着花,不如说是一边被花看着。一蓬蓬花丛集结着,仿佛正悄声谈论什么,从它们跟前,我红着脸经过。

——它们悄声谈论的,似乎是吵架很凶,且谁也不愿搭理的我,又似乎是身为男人,却还要做饭、还要缝缝补补的祖父。似乎是关于他长着稀疏黄发的秃头,关于他唯一的一颗破木桩似的牙齿。

祖父说"彼岸花有毒,千万别在近旁玩耍",所以我由衷地觉得,让我们一家变得孤立无援的,其实是彼岸花的原因。这么说也太悲惨了，所以祖父才说那样的话吧。实际上，在我家，除了灰扑扑的灶房、发霉的二楼，以及弓腰驼背的祖父和拖着鼻涕的我之外一无所有。我们一家仿佛命中注定要被世上所有美好之物离弃一般。

我曾经去家里开妓院的朋友家玩过一次。我们靠着走廊的栏杆，和雏妓们玩了一整天吹泡泡的游戏。在光洁如镜的走廊上，她们一笑就露出洁白的牙齿，没完没了地笑着，吹着肥皂泡。

但那一次，傍晚跑回家的我被祖父训斥了。

"那样的地方，你可不能去玩啊！"

"为啥呢？"

"不为啥！"

再接着问下去，我感觉我们两人狼狈的样子会被全世界的人知道，于是沉默了。想到"再不会有下次了"，我感觉那玫瑰花瓣一样的面颊，总是带着节日气氛的长袖和服，头油的香气，清脆的嗓音，都将我们一家离弃了。

就在那时，祖父说："道哥儿，快来看。"说着，他把一些用草纸包着，平时搁在木柜里的小小的金银饰物在灯下摊开了。我对祖父的这番好意一边越发感到寒碜，但还是说："是什么呀？"一边坐到了灯下。

那里面大都是祖父在漫长的生涯里，不知何时积攒下来的金银烟盒。上面精雕细刻着龙呀鲤鱼呀鹿呀葫芦等等，每当祖父心情好的时候，会不时地拿给我看。的确都很漂亮，但对我而言，总感觉就像白天的萤火虫一般有种美中不足的感觉。它们就算是龙,也只有蚂蚱那么大。就算是鹿,鹿角不会动也不会呼吸。即便是那葫芦,也没长着密密的细毛。用手抚摸时,就像铜钱那样,甚至有股老年人的臭味。

但是,只有我跟祖父两个人,丁零当啷,这个那个地翻看着,不知不觉间,我的心情也平静下来,不禁想让祖父也高兴一下,便指着龙嘴搭话:"爷爷,这是不是火焰啊?"

那一整天

我一整天垂着手。那一整天,都垂着一只手。

杏树下的冬葱地里,纸门后面,我都垂着一只手。把手背上贴着纸印花的那只手,郑重其事地垂着。

就像从美国挣了大钱回来的人家的孩子,走路时凛然地提着气枪的样子。

所到之处,狗子、牛、向日葵、大人等等,都睡糊涂了似的发着呆。

能够吸引我视线的东西一样都没有!

但我还是一样一样地把视线投给它们。将慈悲一一赐给它们。

是的,那一整天,我投送着慈悲走着。

aiueo[1]

我跟老师学了 aiueo。aiueo，kakikukeko 究竟是怎么回事？aiueo，kakikukeko 嘴巴开合着忙个不停。一直持续的话，简直要变成金丝雀了，

我们朝着万里无云的蓝天，大喊"aiueo"。满怀着新奇的期待如鸟鸣般大喊。aiueo，kakikukeko，喧嚷的活字翻转着闪耀着，渐渐上升而去，升到最高处后变得像金米糖一般，像是又要啪啦啪啦落下来。如果有花儿开着，我们便朝着花喷洒。只见它们从那微小的花蕊丛中，云烟般穿行而过。要是祖父坐在旁边，就喷到祖父的秃头上。它们边滑边跌落，像是嬉戏着飞过去一般。它们骑着竹马，也流进了别人家的土墙里。从那边庭院里的水池上面，遥遥地穿越而去。当我一边吃橘子一边喊它们，就像刚刚洗过的陶瓷那样，漂亮的 aiueo 飞了出来。一边吹肥皂泡一边喷洒，那带着淡淡影子的柔软的 aiueo，就像穿过栅栏，熙熙攘攘涌出的羊群，穿过我们小小的门牙，簇拥着涌了出去。我希望是这样。它们最后去了哪里呢？直到我这年纪，它们终于也没有回来吧。比如 mamimumemo[2] 那部分，究竟又在干什么呢？

即便如此，最初教我们 aiueo 的老师，拖着长长的声音读"a——i——u——e——o——"，他是不是就像把扯得很长的年糕，一块块地嚼断一般呢？给有如伸长

---

1 aiueo：即アイウエオ，日语五十音图的最初五个音。之后为カキクケコ（音 kakikukeko）。
2 mamimumemo：マミムメモ，日语五十音图中マ段的五个音。

了脖颈的小鹤那样优雅排列的我们,喂着"a——i——u——e——o——",像是在嚼着总也咬不断年糕那样呢?还有小孩等不及似的嘟哝着说:"要给就请早点给吧。"我想是这样的。

《上坟》《道哥儿》《关于彼岸花等等》《那一整天》
　　　　　　　　——《台湾日日新报》
（1938年4月26日、5月11日、7月31日）
《aiueo》
　　　　　　　　——《台湾文艺》第六号
　　　　　　　　　（1940年12月）

好风景

水　横亘着
水平地

树　伫立着
垂直地

山　镇坐着
非常水平地
非常垂直地

其实是将这平安当成了故乡
我们
所有一切的生物……

诞生的时候

走啊走依然是向阳地儿。
似乎还有大海的轰鸣。

从道路两旁,
从山的顶端,
圆圆的太阳为我送行。

感觉有船儿在等着我,
止不住地加快了脚步。

蒲公英从我的指尖
噗噜噗噜地飞走了
我想
看来只好把花梗给妈妈了。

不断加快脚步但还是向阳地儿。

——哎,妈妈。
我,就是在那个时刻诞生的吧。

松 树

沿着这条
有松树的路走去

有松树
风儿　沙啦沙啦

可是　我的小狗
今天死了

松树
在松树的高度

松树的风儿
今天也　沙啦沙啦

小狗的我
沿着这条路走去

为何　总是

太阳
月亮
星星

还有
雨
风
虹
山谷回声

啊　最是古旧的事物
为何　总是这样
最是　崭新的呢

婴 儿

婴儿
正撕扯报纸
欻拉 欻拉
欻、欻

婴儿
正撕扯报纸
欻拉 欻拉
欻、欻

婴儿
正撕扯报纸
欻拉 欻拉
欻、欻

神灵
正作为神灵
欻拉 欻拉
欻、欻

腌菜镇石

腌菜的镇石
它究竟　在做什么

好像在玩耍
好像在工作

好像在发怒
又好像在笑

好像坐着
好像躺着

好像睡糊涂了
好像在使劲儿

好像朝这边
好像朝那边

好像老爷爷
好像老奶奶

腌菜的镇石
它究竟　是什么

非说不可了

非说不可了
因为　只有语言才能表达

非说不可了
因为　语言还说不清楚

非说不可了
因为　只一人无法生存

非说不可了
因为　只一人才能生存

编选者的话

无关紧要的事

关于歌曲《小象》和《山羊的信》,几乎所有说日语的男女老幼都会唱,但知道词作者名字的人大概很有限,要问曲作者是谁的话,知道的人就更有限了。

这两首歌的歌词,是窗先生首次从一开始就有意识地为歌曲而写的作品。歌词里有幽默有妙趣,但作为诗来看时却并非那么优秀,可以说这首歌大受欢迎,很大程度上是仰赖了团伊玖磨[1]作的曲。据说窗先生对通常意义上的童谣持批判态度,在二十世纪五十年代初期发表的这两首歌,证明他的这种态度绝非泛泛而谈。

包括歌词在内的窗先生的所有作品,权且分为两大流向的话,一是受人所托,主要针对儿童写下的歌词。另一个是从开初就没有去想要成为歌曲,因"禁不住要写"而写下的诗。不过,这两个流向有时也会难以区分,因为两者都是以窗先生与生俱来的感性为源泉的。

实在是

---

[1] 团伊玖磨(1924—2001):活跃于战后的作曲家、指挥家。创作有大量音乐剧和童谣作品。

美好的事啊

大象

就是大象

居然不是跳蚤

　　　　　　　　　《芥子歌·大象2》

小象

小象

你的鼻子　好长啊

　对的呀

　　妈妈的　也很长呀。

　　　　　　　　　　　《小象》

比较这两首同样发表于一九五一年、以象为主题的作品，《大象2》中，可以窥见与后来的《兔子》《我在这里》相通的窗先生那种在把某个对象一般化、抽象化之前，将之作为独一无二的存在来看待的精神。只不过《小象》从一开始就清晰地体现着准备用于歌唱的那种接近韵文的形式。但是，并非跳蚤的大象、继承了母亲的体形的长鼻子小象，令窗先生为之入迷的是它们作为一种存在的、与他者无可比较的独特性。

在《是先有鸡蛋吗》中，窗先生写道：

先有的　是物

> 是老早的　先辈
> 不论什么时候
> 都先于　我们的大道理

讲道理的是语言，换言之，也可说"物"是先于语言的存在。我想，窗先生是在向语言产生之前的、未曾命名的存在寻求着诗的出处。一九四〇年，住在台湾的窗先生在《文艺台湾》的创刊号上发表了一篇题为《鸟愁》、类似于备忘录的奇特文章。以一种甚至不能称之为散文诗的、分条列举的恳切又急迫的文体，窗先生终生不曾改变的感性，无视了诗的技法，活生生地吐露着。

"身为几亿人之中的、一人的自己／永劫之中的、一瞬／大宇宙之中的、一个地球"式的表现手法，体现了窗先生那宏大而根本的现实认识。而其中又带有一种令人感伤的基调，这难道不是因为其认识之中隐含着深厚的情感吗？

我认为，那情感与所谓喜怒哀乐这些人类在日常生活中体验到的情感在次元上稍有不同，是一种难以用语言表达，可称之为感动的东西。

> 越看　越觉得
> 这朵花
> 只是
> 这朵花
>
> 　　　　　　　　　　　《这朵花》

一个苹果

　　在这里

　　除此之外

　　什么也没有

　　　　　　　　　　　《苹果》

　　但　究竟是什么呢　纽扣

　　对纽扣　而言……

　　对宇宙　而言……

　　　　　　　　　　　《纽扣》

　　有物存在

　　要说不知道就不知道

　　要说知道也算是知道

　　可以这么认为之物

　　　　　　　　　　《有物存在》

　　在面对某个对象时，我觉得窗先生首先是被它存在于此，它不是除它以外的任何事物这个事实压倒了。用人类的语言来说，那是司空见惯的花儿，毫无出奇之处。然而先于花这个名字即语言而存在的究竟是什么呢？窗先生进入一个宛如禅问的世界。

　　记录成一行的话，难免被当成散文的表述方式，词与词、行与行之间那似有踌躇的空间，我感觉那里满含着窗先生对万物的敬畏与感叹之情。据说他在二十多岁时就已受洗，但窗先生的宗教感并不局限于传承的宗教框架，写到神灵时，我想窗先生心中浮现的大概是无宗教的造物主的形象。那是一种近乎西欧所说的泛神论者乃至以自然之物为信仰对象的泛灵论者的信仰方式。但信奉着"语言以前"的窗先生应从未用这样的词来称呼自己。

庆幸的是，窗先生没有深入宗教的迷途，他总是能返回到命名了存在并环绕着存在的丰饶的语言世界。自语言以前的混沌之中等待语言的诞生，这是古今东西的众多诗人一直以来所做的事，但是鲜有像窗先生这般，犹如等待来自"神灵"的礼物一般，几乎是五体投地着等待的诗人。

诗的创作，是身为个人的作者所创作的作品，这是近代以后的常识。而我感觉，所谓写诗，是尝试用语言去连接被语言毒害之前的宇宙，是一项从初始就充满着矛盾的高难度工作，窗先生写诗应该就是这样的吧。作者在这里与其说是创作者，不如说成了媒介者，将语言呈送到人们面前。虽然是个待人也十分谦逊的人，但窗先生对待世界、对待宇宙更是个谦卑恭敬的人。

啊
宇宙
正看着我

《第一颗星》

神灵

正作为神灵
　欸拉　欸拉
　　欸、欸

       《婴儿》

  像这样截引诗的一部分来谈论其实非我所好，但又觉得窗先生的诗的话是可以容许的。厚重的《全诗集》和《续全诗集》所收的窗先生的诗作究竟有多少首，我不曾数过，但在我看来，其中所有作品隐含的主题仿佛只有一个。我不禁有种冲动，想要把窗先生比作一生不停地唱着同一支歌的小鸟。

小鸟唱歌
唱唯一一首
知道的歌

       《小鸟》

  关于那首歌，从后续的诗句"上天竖起耳朵温柔地倾听着"，可以想象窗先生的诗的目标并不只是以人类读者为对象的。

  不论截取世界或宇宙的哪个部分，那里都隐藏着世界全体、宇宙全体乃至无限的时空。"一颗沙里看出一个世界，一朵野花里一座天堂，把无限放在你的手掌上，永恒在一刹那里收藏[1]。"我感觉威廉·布莱克这节诗仿

1　引用自英国诗人威廉·布莱克的《天真的预示》，中译借用的是梁宗岱的译文。

佛是专为窗先生而写的。

　　窗先生的诗以那样的眼光观望了一切，朝向着各种各样的对象，却并不朝向比如小说所涉及的那些人类的悲喜交集，或是大众媒介大肆报道的大小事件。于自己的家人朋友之间的人际关系也几乎从未当作诗的对象。窗先生的诗与窗先生的现实人生保持着优雅的距离，我想这是因为窗先生从年轻时，就从未考虑过要用诗来表现自己。窗先生对此不自觉地指向的不是自己，而是连接着宇宙的神奇世界。

　　　　无论什么东西　在什么地方
　　　　存在之时
　　　　那"存在"才算
　　　　超乎　任何事的
　　　　美好之事
　　　　　　　　　　　　《身在此处》

　　那美好越是叠加语言去形容就越发淡薄，窗先生一定本能地深知这个悖论。日本人创造了俳句这种短诗型，考虑到这种语言感觉的传统，这也可说是非常自然的事吧。不过窗先生虽然写过少量俳句，但并没有向俳句(也没有向短歌)发展，大概是因为他对文化蓄积中被固定下来的诗型感到束缚了吧。

　　追溯窗先生的业绩，我会联想到贾科梅蒂的雕塑作品。经一再削减而变得像铁丝一般的人体，由此展现出的，是超越了日常的身体，在灵魂的次元中得以现实化的身体。窗先生的诗，也是用最少的语言，以异于科学的诗的方式，来逼近那位于日常现实深处的宇宙现实。

大约是在八十岁以后的时期，窗先生较长的诗作越来越多，不论所写的对象还是写法都似乎变得越来越豁达而人性化了，同时窗先生也朝着语言游戏的方向渐渐深入，并且也开始出现一些自己对自己的高龄抱以嘲弄的幽默，或是对身体的衰老做些稍带自谑的自言自语之类的作品。也可理解为他曾经一直向外的目光开始朝向了自己，但也可看出，回顾着自身的窗先生，从一开始就坚持将自己这个生命的存在从自我意识等等之中脱离出来。

窗先生决不会将自己置于世界的中心。窗先生的自我，与蚊子、蒲公英、彩虹、星星等等处于同样的位置。因为所有一切存在不论大小贵贱，都平等视之，都显其平等，才是窗先生的风格。

在诗作中，以目光所及心有所感的具体之物，以及生命为对象的窗先生，却说作画比写作更快乐且更轻松。有如此感想的窗先生的画并不是所谓现实主义绘画，而几乎都是抽象画。我认为在窗先生的画作和诗作的关系之中，隐藏着窗先生的秘密。

试图把握语言以前的"存在"的窗先生，会不会是发现了隐含在绘画中的那种不依赖语言而得以逼近存在的可能性呢？然而这时候，窗先生从一开始就不满足于那种以原样描绘对象为基本的现实主义。并不是眼睛所见的现实，我想，所见之物的深处隐藏着的深奥现实才是窗先生于画于诗所追求的目标。

若想那描绘位于眼睛可见的、日常和现实的形状深处的对象的形状,那就不得不变得抽象。窗先生乐于创作无须诉诸语言的绘画,说不定甚至通过绘画在某些方面获得了救赎。这样想来,窗先生的诗也同样是看似写的是具体对象,但又是由具体中抽象了事物本质的诗。

我想窗先生是个以视觉为主的人,但因为他有太多谱成歌曲为众人传唱的诗,也许很容易被认为是个以听觉为主的人。但窗先生能将耳朵听见的东西转化为视觉,又能将眼睛看见的东西转化为听觉。

　　好想堵住耳朵
　　把音乐看在眼里
　　　　　　　　　　《音乐》

　　不可能看得尽
　　那蓝色的　　遥远
　　对侧耳倾听的我自己
　　　　　　　　　　《蓝色》

　　眼睛凑上来凝视绘画
　　凝视　凝视　不断地　不断地
　　凑上来　像是要把画看穿……
　　　　　　　　　　《摁钉》

但是窗先生真正的安宁,应当是在感受到既非诗也非画的宁静的时候吧。在远离人类世界的噪声、杂音的那一瞬间，窗先生一定是与世界、与宇宙交融为一体的。

    清晨
    悄无声息地
    合上双手

                         《朝露》

    我仰望
    悄无声息地倾听　为之入迷

                         《松树》[1]

    从一旁端详马的脸
    不由深深感动

                         《马的脸》

    全世界
    都悄无声息了
    因为　它看了这边

                         《长颈鹿》

    不论"悄无声息"还是"深深感动"，都没有具体的意味，那感觉反而能由心灵沁入身体，并蔓延开来。在一篇名为《豆灯》的短文中，出现过一个奇特的词"心的根基"，我想，窗先生终其一生，是一位将人的心

---

[1] 这首与本书261页所收的《松树》为不同的作品。——原注

与宇宙的根基不断地诉诸语言的诗人。"无关紧要的事，是很重要的"。诗人不断地在"无关紧要的事"当中，不断发现着心的根基。

            谷川俊太郎
            2017 年 4 月

图书在版编目（CIP）数据

山羊的信：窗・道雄诗集 /（日）窗・道雄著；
（日）谷川俊太郎编；吴菲译 . —— 北京：北京联合出版
公司，2020.9
ISBN 978—7—5596—4343—8

Ⅰ.①山… Ⅱ.①窗… ②谷… ③吴… Ⅲ.①儿童诗
歌—诗集—日本—现代 Ⅳ.① I313.82

中国版本图书馆 CIP 数据核字（2020）第 112856 号

山羊的信：窗・道雄诗集

作　　者：[日] 窗・道雄
编　　者：[日] 谷川俊太郎
译　　者：吴菲
出 品 人：赵红仕
责任编辑：夏应鹏
策 划 人：方雨辰
策划编辑：陈希颖
特约编辑：蔡加荣
装帧设计：尚燕平

北京联合出版公司出版
（北京市西城区德外大街83号楼9层　100088）
北京联合天畅文化传播公司发行
山东临沂新华印刷物流集团有限责任公司印刷　新华书店经销
字数180千字　860毫米×1092毫米　1/32　9印张
2020年9月第1版　2020年9月第1次印刷
ISBN 978—7—5596—4343—8
定价：59.00元

版权所有，侵权必究
未经许可，不得以任何方式复制或抄袭本书部分或全部内容
本书若有质量问题，请与本公司图书销售中心联系调换。电话：（010）64258472—800

MADO MICHIO SHISHU
edited by Shuntaro Tanikawa
Text copyright © 2017 by Takashi Ishida
Editorial copyright © 2017 by Shuntaro Tanikawa
Originally published in 2017 by Iwanami Shoten, Publishers, Tokyo.
This simplified Chinese edition published 2020
by Shanghai Elegant People Books Co., Ltd., Shanghai
by arrangement with Iwanami Shoten, Publishers, Tokyo